ANTOLOGÍA

VIAJES CELESTES

ANTOLOGÍA

VIAJES CELESTES
Cuentos fantásticos del siglo XIX

Selección, introducción
y notas de Alberto Chimal

Viajes celestes
Antología

Centeno 79-A, Col. Granjas Esmeralda
C.P. 09810, México, D.F.
Tel.: 55 81 32 02
www.lectorum.com.mx
ventas@lectorum.com.mx

L.D. Books
8313 NW 68 Street
Miami, Florida, 33166
Tel. (305) 406 22 92 / 93
ldbooks@bellsouth.net

Primera edición: octubre de 2006
ISBN: 970-732-183-0

Impreso y encuadernado en México
Printed and bound in Mexico

Introducción

Alberto Chimal

1

Durante el siglo XVIII, la cultura de Occidente se propuso una idea radical: que la razón podía ser la mejor herramienta para comprender y existir en el mundo, y que por tanto la especie humana —o, por lo menos, el conjunto de los países de Europa y en la órbita de Europa— podía prescindir de cualquier forma de conocimiento que no partiera de la propia razón. Abandonar los dogmas en favor de los hechos comprobables, dar a la ciencia lo que había sido terreno de la fe, desmitificar el universo y volverlo objeto de conocimiento; al tiempo que vio nacer estas nociones —plantadas en un terreno que había comenzado a fertilizarse desde el Renacimiento, con la obra de filósofos y científicos numerosos— lo llamamos la época de la Ilustración, pues el ascenso del pensamiento racional fue visto como el encenderse de una luz que acabaría con las tinieblas de la ignorancia y la fe ciega en la autoridad que se habían mantenido, sin demasiados cambios, desde la Edad Media.

Sin esta revolución del pensamiento no existirían ni el mundo actual ni sus habitantes.

Pero esta exaltación de la razón como única forma de entender el "mecanismo" del mundo natural (como "único árbitro de la Vida", según escribió Richard Francis Burton) provocó un fenómeno imprevisto: la expulsión de todo lo que había sido potestad de lo *sobrenatural*. La superstición, desde luego, pero también lo numinoso y lo mítico, no podían ser reducidos ni asimilados por la ciencia que, en cambio, los negó plenamente y los dejó fuera de los límites de lo "real": lo científicamente explicable, lo objetivamente perceptible. En cierto modo, el ámbito de lo humano se hizo más preciso, más claro, pero también se hizo más pequeño. Y con el tiempo, a medida que las fronteras de lo racional se han vuelto más y más visibles, también lo que está fuera de ellas se ha vuelto más intrigante y angustioso: actualmente sabemos que ningún sistema, ningún modelo ni explicación del universo puede abarcarlo por entero ni resolver todas sus incógnitas y contradicciones, pero el hallazgo es amargo y, para muchos, intolerable.

La literatura fantástica, hija de la Ilustración pero alimentada por todo lo que *no es* la Ilustración, es una forma de lidiar con esa dificultad o ese horror.

2

Hay historias fantásticas, se dice ahora, desde el principio de los tiempos. En efecto, podemos leer como "fantásticas" las antiguas historias de héroes y de dioses, los grandes poemas épicos y muchas de las leyendas que han llegado hasta nosotros desde las épocas remotas de la cultura oral. Pero este juicio implica un falseo: lo que para nosotros es mera ficción no lo fue, en muchos casos, para quienes oyeron esas historias por primera vez. Los griegos de la época clásica creían de verdad en Zeus, el dios de la tormenta. Aquí, en lo que luego se llamaría México, muchos creían firmemente en la existencia del Tlalocan, el paraíso reservado a quienes sufrían una muerte por agua. Un zoroástrico del siglo VI reconocería algo de sus propias verdades —los ángeles, la luz como atributo de la deidad— en más de una religión actual, pero ¿qué diría del resto, de todos los agregados que él no conoció y en los que millones aprenden a creer sin conocer su origen?

La curiosa operación de fascinarnos con mitos inventados *precisamente porque lo son* —porque sabemos que no son "ciertos"— sólo tiene sentido a partir del siglo XIX. Desde entonces la definición aceptada de la realidad ha quedado acotada, y únicamente admite lo que hay de mensurable y cuantificable en la naturaleza, por lo que la noción de lo desconocido, con su terror y su maravilla, dispone solamente de las artes para expresarse y articularse.

Desde aquel tiempo hasta el nuestro, se han propuesto muchas definiciones y tipologías de la literatura fantástica. Hay quienes la consideran la suma de sus temas —el doble, las distorsiones del espacio y del tiempo, el artificio que contamina a la vida "real"— o de sus iconos: el vampiro, el fantasma, etcétera. También hay quien la define, de modo más feliz, a partir del efecto que sus tramas causan en el lector: lo fantástico implica siempre la *subversión* de la realidad objetiva, sea por medio de la observación pero no la ruptura de sus límites (lo "extraño", según lo llama Tzvetan Todorov), o bien la proposición de mundos reglamentados y lógicos pero absolutamente distintos al nuestro (lo "maravilloso"), o bien la invasión: el encuentro de una situación banal y al menos un hecho que no sólo la trastorna por completo sino que amenaza con derrumbar, por su carácter inexplicable, todas las certidumbres sobre el universo.

En todos los casos, la literatura fantástica nos aleja de lo habitual y de lo obvio que adormecen la duda, y llama nuestra atención sobre el hecho de que lo humano, al desligarse de la existencia entera con el fin de aprehenderla, se descubre aterrado de la vastedad y las profundidades inasibles. En vez de repetir las certidumbres que sobre la existencia nos enseñan nuestros padres y nuestras sociedades —las respuestas apropiadas para vivir con relativa calma—, los textos nos formulan, siempre, una misma pregunta:

¿Qué pasaría si el mundo fuera de otro modo?

No es sólo la posibilidad de que existan "más cosas en el cielo y en la tierra", como dicen por igual el príncipe Hamlet y los charlatanes de todas las épocas. La pregunta implica otras: qué pasaría si lo que creemos no fuera cierto; qué pasaría si lo que creemos no sirviera para afrontar lo que nos sucede; qué pasaría si de pronto percibiéramos nuestra estatura humana, nuestra pequeñez, lo nimio de nuestras aspiraciones y nuestras diferencias...

Desde los postulados animosos de los primeros románticos hasta las renuncias afligidas de los últimos decadentistas, estas cuestiones fueron, en el siglo XIX, tan problemáticas como ahora, y todos los escritores de cuentos fantásticos lo sabían: su arte consistió en dar forma perdurable a sus preguntas, de manera que pudiesen sobrevivir a la turbulencia concreta del pensamiento que les dio origen y resonar con las desazones de otras épocas.

3

El siglo XIX vio la aparición de la narrativa breve como lo entendemos hoy. En 1842, Edgar Allan Poe reseñó los *Cuentos dos veces contados* de Nathaniel Hawthorne para la *Graham's Magazine* y propuso la idea de que el cuento, al que la mayoría de los lectores de entonces (como los de ahora) definía meramente como "una historia corta", podía entenderse mejor considerando su *unidad de efecto*. Cualquier texto literario, sea en verso o en prosa (dijo Poe), es capaz de lograr una impresión única —de máxima contundencia— sólo cuando puede leerse de una sentada, de modo que la atención y la memoria puedan formar más fácilmente la percepción plena de todo lo que está en el texto. (De aquí proviene el dictamen de Poe según el cual el cuento es "el mejor campo de ejercicio para el más elevado talento".)

Éste y otros planteamientos teóricos del escritor, fuertemente anclados en textos anteriores que se remontan a Aristóteles pero que nunca se habían reunido en el estudio sistemático de este género literario, se volvieron ineludibles, por igual alabados y criticados pero siempre presentes, y contribuyeron a elevar y actualizar la discusión sobre el cuento. Aunque la impresión general siguió siendo (como ahora) la de una oposición radical entre el cuento y la novela por sus diferencias más evidentes, lo escrito por Poe alentó a muchos escritores y permitió no un desarrollo inusitado del cuento —que existe y se mantiene presente en casi todas las culturas desde la prehistoria— sino una conciencia más clara de su naturaleza y de sus posibilidades.

El siglo XIX no fue sólo la era de la novela como entretenimiento masivo (por vía de los folletines y otras publicaciones seriadas), sino también del cuento como género popular para su difusión por los mismos medios. En la mayor parte de los países de Occidente, los periódicos y las revistas publicaban cuentos de manera constante, y si muchos de los cuentistas más connotados de la época se mantuvieron, por una razón u otra, lejos de la publicación masiva, muchos otros —desde el propio Poe hasta Andersen o Guy de Maupassant— la aprovecharon y dieron a conocer sus visiones a miles de lectores de forma casi simultánea.

En este ambiente, los cuentos de corte fantástico fueron leídos del mismo modo que cualquier otro: en busca de entretenimiento y emoción; pero los logros de sus mejores cultivadores no disminuyeron por este hecho: aunque muchas obras fueron olvidadas y aún hoy esperan quien las rescate para nuevos lectores, la tradición que formaron tuvo una fuerza tal que todavía se percibe hoy en numerosos seguidores y en los testimonios —desde antologías hasta nuevos estudios— de varias décadas de textos extraordinarios.

4

Esta antología ofrece a los lectores, como otras, un puñado de historias, una muestra del placer que puede dar la lectura de un periodo riquísimo de la literatura, y también un panorama de ese mismo periodo; no se deja fuera ninguna tendencia importante y se proponen textos de muchos de los escritores más conocidos. La diferencia entre esta antología y otras no está sólo en la selección de los cuentos concretos, aunque haya algunos que se publican por primera vez en México o en este contexto. Además, las historias y los autores, desde Ludwig Tieck hasta Amado Nervo, han sido elegidos para mostrar una gran variedad de enfoques y temas de lo fantástico, y a la vez numerosas *conexiones*: lazos que se pueden tender entre los escritores y las historias más dispares, para ver —además del placer y las sorpresas que cada cuento puede proporcionar— la *imaginación* que los une. Finalmente, el orden cronológico de la selección permitirá (a quien lo siga en su lectura) ver el desarrollo y los traslados de lo fantástico desde sus primeros tiempos, aún en las postrimerías del siglo XVIII, hasta el umbral mismo del XX.

En algunos casos, la impresión general de un cuento (por ejemplo en los de Andersen, Castera o Nervo) puede ser de maravilla; en otros, de espanto (Riddell, Schwob, Bécquer) y en otros más (Poe, Tieck, Machado de Assis) de un desasosiego menos intenso pero más persistente. Sin embargo, en todos los textos los materiales son semejantes: los personajes de naturaleza misteriosa o equívoca; las visiones de lo inusitado y lo incierto; el extrañamiento ante el mundo, contrario al optimismo de quien cree poder descifrarlo y dominarlo... Todos, juntos en tan distintos edificios de la imaginación, dejan entrever inquietudes semejantes en quienes los utilizaron; si sus ideas se contrastan con las de la Ilustración, todos parecen *inconformes:* sabedores de que los sistemas y las reglas casi nunca pueden explicarlo todo, y de que la confianza ciega en los saberes heredados —o más bien la complacencia en "las cosas como son"— comporta el riesgo de sorpresas, desde el desastre inadvertido en "El mortal inmortal" de Shelley hasta la censura clarísima y justa, pero no menos inesperada, que Bécquer destina a su protagonista en "El beso".

También es de notar que los textos proponen, en muchos casos, ir más allá de las ideas preconcebidas sobre sus temas y efectos. Al contrario de lo que algunos esperarían en una historias sobre "lo inefable", las deidades de "Entre santos" de Machado de Assis son tan comodonas y de mira tan estrecha como quienes las veneran; por su parte, "Eckbert el rubio" de Tieck, lejos de ser sólo una mera exaltación de la naturaleza (o una historia de amor, como creen quienes usan la palabra *romántico* en el sentido degradado que tiene hoy), plantea lo más inquietante de su trama a partir de sus imágenes más agradables y luego se dedica, sistemáticamente, a destruir toda impresión de seguridad y de armonía en el universo de la historia, que deja sin resolver sus contradicciones y sin aclarar sus incógnitas.[1]

Importa decir que esta rebelión contra las convenciones —tanto de la realidad como de la literatura— se encontraban presentes en el ánimo de la época, y no sólo en el de algunos autores dedicados a unos cuantos temas. Si Rubén Darío hubiera dedicado su *Sonatina* (1893) al tema de "Vera", el cuento del conde Villiers de l'Isle-Adam, tal vez hubiera escrito, con la misma convicción con la que cuenta la melancolía de su princesa, versos como éstos:

[1] En este cuento, como en el resto, los escritores apuntan no a volver a completar las imágenes del mundo que fueron rotas por la Ilustración, sino a insistir en que la ruptura permanece y en que, casi con seguridad, ninguna reparación es posible: una vez abierta, y mientras perdure la memoria de Occidente, la puerta de la incertidumbre y la duda no podrá cerrarse.

La condesa está muerta, ¿qué mató a la condesa?
Los gusanos anidan en su boca de fresa.

Del mismo modo, escritores a los que difícilmente se podría asociar con la literatura fantástica (como J. K. Huysmans) criticaban la displicencia de la burguesía, con todo lo que implicaba de aceptación ciega de su entorno, o bien dedicaban breves momentos de su carrera, como lo hizo el mismísimo Honoré de Balzac,[2] a reflexionar sobre los asuntos religiosos y ultraterrenos que no dejaron de preocupar, pese a todo, a la mayoría de las conciencias. Esto también se ve en textos tan diversos como "Lo último que se supo del señor Ennismore" de Riddell o "El niño que se fue con las hadas" de Le Fanu, que coinciden en mostrar la presencia de mitos y figuras antiquísimos en los escenarios (aparentemente) más banales.

El pensamiento tampoco se mantenía tranquilo en la contemplación de los bienes del progreso material. Muy pronto en el siglo XIX, y señalada por obras y acontecimientos muy diversos, apareció una gran inseguridad respecto del camino que la civilización había elegido, esta inseguridad se volvió cada vez mayor, aunque no siempre se le reconociera, a medida que Occidente se acercaba a la Primera Guerra Mundial, el verdadero comienzo del XX. Aquel fue a la vez "el mejor y el peor de los tiempos", como escribió Dickens: la producción en masa, el color malva, Géricault y los impresionistas coexistieron con numerosas guerras, la contaminación ambiental e incontables convulsiones sociales, e imágenes de desolación como las de "El tren 081" de Schwob, en el que un mal apocalíptico se monta en veloces medios de transporte, son el reverso ineludible de los paisajes brillantes de los carteles y las linternas mágicas.

---

[2] De Balzac es *Serafita* (1835), en la que se exploran y divulgan algunas doctrinas de Swedenborg.

Por último, varios de los textos giran alrededor de un viaje extraordinario, análogo a los que volvieron famoso a Julio Verne pero a la vez muy distinto: más que comunicar la maravilla de lo ya existente, que se volvía un poco más asequible gracias a los avances de la ciencia, estos textos van más allá de lo posible y cruzan, de una manera u otra, fronteras que parecían haber quedado cerradas para siempre a la mentalidad razonable y práctica. "Un viaje celeste" de Castera, que penetra el espacio, se hermana de esta forma con "Una historia de las Montañas Escabrosas" de Poe, que penetra el tiempo, y con "El compañero de viaje" de Andersen, que mientras vuelve más y más amplio el mundo simple de su protagonista consigue preservar su carácter fascinante y la mirada inocente, humana en su fragilidad, de ese y muchos otros personajes del escritor danés.

Como él, la mayoría de los escritores de esta antología se mantuvieron, de una forma u otra, con un pie en un mundo de tradiciones y miedos ancestrales y el otro en un presente vertiginoso. En tal sentido, no son tan diferentes de nosotros.

5

No fue posible, por razones de espacio, incluir muchos cuentos que me habría gustado proponer en estas páginas, incluyendo varios de autores como Guy de Maupassant, Rudyard Kipling, H. G. Wells, Nikolai Gogol y Vernon Lee; por la misma razón quedaron fuera textos de autores que sí llegaron al índice, como *El donador de almas* de Nervo (prácticamente una novela) o el un poco menos extenso "Té verde" de Sheridan Le Fanu. Otros textos fueron *evitados* deliberadamente por encontrarse disponibles en muchas otras colecciones;[3] en el caso concreto de Poe, aún hoy el

---

[3] Incluyendo las ineludibles *Antología de la literatura fantástica* de Jorge

cuentista más popular de todos los escogidos, la tarea de seleccionar qué *no* descartar fue especialmente difícil.

En cualquier caso, toda antología ofrece a alguien —por lo menos a un lector o lectora— el primer encuentro con los textos que el libro presenta, sin importar cuán famosos sean ni en cuántos otros libros aparezcan.

Sobre los tres cuentos latinoamericanos: además de llamar la atención sobre otros tantos autores injustamente ignorados, su inclusión quiere mostrar la última etapa de los traslados de lo fantástico en el siglo XIX, que del romanticismo pasa a Poe en América y de él otra vez a Europa: a la tradición inglesa de las historias sobrenaturales y a los numerosos movimientos literarios que combaten al realismo. Todos ellos cruzan de nuevo el Atlántico y llegan (tarde) a América Latina; peor aún, rara vez se aclimatan bien: nuestros países están demasiado convulsos o demasiado contagiados de la falta de imaginación en sus metrópolis. Sin embargo, en Brasil, Machado de Assis se aprovecha de lo fantástico para renovar, de modo deslumbrante, su propia tradición de los retratos de personajes y comunidades, tanto en sus cuentos como en las *Memorias póstumas de Blas Cubas*, su obra maestra. En cuanto a los escritores mexicanos, Castera tendría que destacarse no sólo por su biografía tan rica y difícil como las de Villiers o Lord Byron sino porque, en el texto aquí seleccionado, se une a la tradición del *rapto*, el viaje mental que trataron también Sor Juana, Kepler y otros. Y Nervo, si se dejan atrás las reducciones fáciles de que es víctima su obra, resulta un autor esencial por su carácter

---

Luis Borges, Adolfo Bioy Casares y Silvina Ocampo, y *Cuentos fantásticos del XIX* de Italo Calvino, que las librerías mexicanas no han conseguido volver inencontrables. A poco de terminar esta introducción encontré un tercer tomo de mucho interés: *La Eva fantástica* de J. A. Molina Foix, reunión de cuentos fantásticos escritos por mujeres que recoge a Mary Shelley y a la señora Riddell junto con otras muchas cultivadoras de sus temas.

visionario. "El país en que la lluvia era luminosa", una viñeta fantástica disfrazada de artículo periodístico (y hasta provista de una supuesta explicación científica, farragosa y con nota al pie), puede considerarse, al mismo tiempo, parte de un romanticismo tardío que se contamina de argumentos científicos (y en tal sentido sería un precursor de la moderna ciencia ficción) o bien una invitación insistente, inusitada a la luz de los hechos históricos que se precipitaban sobre el mundo y sobre México, a la contemplación de lo *otro*: el lado oculto de la realidad y la experiencia.[4]

Agradezco a José Ricardo Chaves su ayuda en la investigación sobre Nervo; a Nadir Chacín, Roberto Chellet, Fernando García, Rodolfo J. M., María Elena Sarmiento y todos los miembros del Taller Integral de Cuento su apoyo en la revisión de este texto; a Erika Mergruen su buen juicio y su solicitud, y a Raquel Castro (en especial) su aliento, su creatividad y su sentido de la maravilla.

México, julio de 2006

[4] Hubo que esperar hasta hace muy poco para que los estudiosos quisieran leer con atención a la larga estirpe de los sucesores de Castera y de Nervo, y en la que no sólo se asoman Juan José Arreola —creador de ensoñaciones numerosas—, Juan Rulfo —autor de una celebrada novela de fantasmas— o Carlos Fuentes, sino también muchos otros nombres, desde Francisco Tario, Guadalupe Dueñas y Emiliano González hasta Verónica Murguía, Pablo Soler Frost y José Luis Zárate. En realidad, lo fantástico mexicano es todavía más rico en el siglo XX (y el XXI) que en el XIX, y progresa aun a contrapelo del analfabetismo funcional y la crisis ya permanente de las artes nacionales.

Eckbert el rubio

Ludwig Tieck
(Berlín, 1773-1853)

Uno de los más grandes representantes del romanticismo alemán; comenzó su carrera antes de cumplir los veinte años; su primer proyecto relevante fue una vasta recopilación de historias tradicionales de su país que reunió en tres volúmenes titulados *Cuentos populares* (1797). Tieck fue de los primeros —junto con Novalis y los hermanos Friedrich y August Schlegel, entre otros— en proponer una de las ideas más queridas para el romanticismo: rescatar las antiguas tradiciones para darles un tratamiento literario nuevo con base en los postulados más avanzados de su tiempo. Sin embargo, su propio trabajo aventajó al de la mayoría al entretejer hábilmente anécdotas mundanas con apariciones de lo fantástico y amplificar el sentido de las viejas historias con referencias clásicas y numerosas ambigüedades. "Unir lo bello con lo terrorífico", pedía, "lo extraño con lo ingenuo".

Con el tiempo, la reputación de Tieck creció hasta convertirlo en una de las mayores autoridades literarias de Alemania y ganarle numerosos honores y estipendios.

Además de narrador, poeta y crítico, Tieck se dedicó al teatro y tradujo obras clásicas como *El Quijote* y varios dramas de Shakespeare. De entre sus numerosos libros pueden destacarse, además de la colección ya mencionada, su comedia satírica *El gato con botas* (1797), la novela *Las andanzas de Franz Sternbald* (1798) —la primera novela romántica alemana—, el drama *Vida y muerte de santa Genoveva* (1800) y la comedia *El emperador Octaviano* (1804). "Eckbert el rubio" ("Der Blonde Eckbert") se publicó en 1796 y luego fue recogido en *Phantasus* (1812), una colección de obras teatrales, cuentos y novelas de tema fantástico.

En una región de las Montañas Hartz vivía un caballero a quien la gente llamaba simplemente Eckbert el Rubio. Tenía aproximadamente cuarenta años de edad, era escasamente de mediana estatura y el cabello corto, denso y muy rubio le caía en línea recta sobre su rostro pálido y hundido. Vivía tranquilamente para sí mismo y nunca se involucraba en las disputas de sus vecinos; rara vez la gente lo veía fuera de las paredes que rodeaban su pequeño castillo. Su esposa adoraba la soledad tanto como él y parecía que ambos se amaban de todo corazón, sólo que solían quejarse de que el Cielo parecía no querer bendecir su matrimonio con hijos.

Muy rara vez Eckbert tenía invitados y, si los tenía, su vida rutinaria no sufría casi ninguna transformación. Ahí reinaba la moderación y todo parecía estar regulado por la economía misma. Eckbert era entonces alegre y festivo; sólo cuando se encontraba a solas, uno podía percibir en él cierta reserva, una callada y distante melancolía.

Nadie visitaba el castillo tan a menudo como Philip Walther, un hombre con el cual Eckbert se había identificado mucho, ya que en él encontraba mucha similitud con su propia manera de pensar. En realidad, su casa se encontraba en Franconia, pero a menudo pasaba medio año cerca del castillo de Eckbert, donde se ocupaba de recolectar plantas y rocas para clasificarlas. Contaba con un pequeño ingreso, por lo tanto no dependía de nadie. A menudo, Eckbert lo acompañaba en sus solitarios paseos y así, con el pasar de los años, creció una íntima amistad entre los dos hombres.

Hay momentos en que un hombre se preocupa por tener que esconderle a un amigo un secreto que le ha costado mucho dolor callar. El alma siente entonces el deseo irresistible de comunicarse y de revelar por completo al amigo lo más íntimo de su ser, para que él sea mucho más que un amigo. En esos momentos, las almas sensibles se descubren entre sí y, sin duda, a veces sucede que una de ellas retrocede por temor a relacionarse con la otra.

Una tarde nublada a principios del otoño, Eckbert, su esposa Bertha y su amigo se encontraban sentados alrededor de la chimenea. Las llamas lanzaron por la habitación un brillante destello que jugaba en el techo. La oscuridad de la noche se asomaba por las ventanas, y afuera los árboles temblaban por el frío. Walther se lamentaba de tener que volver a casa y Eckbert le propuso quedarse ahí, pasar una velada conversando como en familia y después dormirse hasta el amanecer en una de las habitaciones del castillo. Walther aceptó la propuesta por lo que fueron llevados a la mesa el vino y la cena, el fuego fue reavivado con leña y la charla entre los dos amigos se hizo más animada y confidencial.

Después de que los platos fueron retirados y los sirvientes se hubieron marchado, Eckbert tomó la mano de Walther y dijo:

—Amigo, permite por una vez que mi esposa te cuente la historia de su juventud, que es ciertamente muy extraña.

—Con gusto —respondió Walther, y todos volvieron a sentarse alrededor de la chimenea. Era exactamente medianoche y la luna brillaba de manera intermitente a través de las fugaces nubes.

—Debes perdonarme —comenzó diciendo Bertha—, pero mi esposo dice que tus pensamientos son tan nobles que no está bien que te oculte nada. Sólo que no debes tomar mi historia como un cuento de hadas, por más extraña que te parezca.

"Yo nací en una aldea; mi padre era un pobre pastor. La

economía familiar se encontraba en un plano humilde: a menudo no sabían de dónde obtendrían su alimento. Pero lo que me afligía mucho más que eso era el hecho de que mi padre y mi madre discutieran a causa de su pobreza y que se lanzaran severos reproches entre sí. Además, escuchaba constantemente decir de mí que era una niña superficial y estúpida, que no podía realizar ni la tarea más insignificante. Y yo era cierta y extremadamente torpe e inepta; dejaba caer todo de mis manos, no aprendí a coser ni a hilar, no podía hacer nada para ayudar con la casa. Sin embargo, comprendía demasiado bien la miseria de mis padres. A menudo solía sentarme en un rincón y llenar mi cabeza de ideas —de qué manera les ayudaría si de repente me volviera rica, cómo los bañaría de oro y plata y me regocijaría en su asombro—. Después, veía espíritus que venían flotando y que me revelarían tesoros enterrados o que me darían cristales que más tarde se convertirían en piedras preciosas. En resumen, las fantasías más maravillosas ocupaban mi mente y cuando tenía que levantarme para ayudar o para cargar algo, me mostraba mucho más torpe que nunca por la única razón de que mi cabeza se encontraba aturdida por todas esas extrañas ideas.

"Mi padre siempre estaba muy disgustado conmigo porque yo era una carga absolutamente inútil en la familia, de modo que a menudo me trataba con gran crueldad y muy raras veces lo escuchaba decirme una palabra amable. Así siguió hasta que tenía yo aproximadamente ocho años de edad, cuando se tomaron serias medidas para obligarme a hacer y aprender algo. Mi padre creía que el pasar mis días en la ociosidad se debía a una obstinación y a una insensibilidad de mi parte. "Suficiente", me amenazaba indeciblemente y, cuando esto resultaba en vano, me castigaba brutalmente agregando que ese castigo se repetiría cada día porque era yo una criatura absolutamente inútil.

"Toda la noche lloraba con amargura —me sentía totalmente desamparada y me compadecía a mí misma porque quería morirme—. Me aterraba el alba y no sabía qué hacer. Anhelaba tener cualquier tipo de habilidad y no podía comprender por qué era más estúpida que los otros niños que conocía. Me encontraba al borde de la desesperación.

"Al amanecer, me levanté y, dándome apenas cuenta de lo que hacía, abrí la puerta de nuestra pequeña cabaña. Me encontré en campo abierto y, poco después, en un bosque en el que la luz del día apenas se mostraba. Corrí sin mirar hacia atrás; no me sentía cansada porque todo el tiempo iba pensando que mi padre seguramente me alcanzaría y me trataría de una manera mucho más cruel por haber huido.

"Cuando volví a salir del bosque, el sol ya estaba justamente en lo alto y vi delante de mí algo oscuro, sobre lo cual descansaba una espesa neblina. En un momento me vi obligada a trepar por las laderas y, al siguiente, a seguir una vereda tortuosa entre las rocas. Me imaginé entonces que debía encontrarme en las montañas vecinas y comencé a sentir miedo de la soledad pues, viviendo en terreno plano, nunca había visto ninguna montaña y, siempre que la había escuchado nombrar, la sola palabra "montañas" me había parecido excesivamente terrible para mis infantiles oídos. No tuve el valor de regresar —fue precisamente mi temor lo que me hizo seguir adelante—. Veía constantemente a mi alrededor cada vez que el viento resonaba por medio de las hojas que pendían sobre mí o cada vez que surgía el sonido distante de la tala de árboles a través de la quieta mañana. Finalmente, cuando comencé a encontrarme con obreros y mineros y escuché un lenguaje extraño, casi me desmayo del susto.

"Pasé por varias aldeas y supliqué, porque ya para entonces tenía hambre y sed. Me las ingenié muy bien para contestar a las preguntas que me hacían. Ya llevaba cuatro días deambulando por ese camino, cuando llegué a un pequeño sendero que me alejó aún más de la carretera. Las rocas que me rodeaban tomaban formas cada vez más distintas y extrañas. Eran riscos que se apilaban entre sí de tal manera, que parecía que el primer vendaval los lanzaría a todos en una sola pila. No sabía si continuar o no. Yo había dormido siempre en las apartadas chozas de los pastores o en cualquier otro lado en los bosques rasos, pues esa era entonces la temporada más hermosa del año. Aquí no me crucé con ninguna casa de seres humanos y tampoco esperaba encontrarme con ninguna en esa soledad. Las rocas se volvían más y más terribles —tuve que pasar a menudo cerca de vertiginosos precipicios y, finalmente, incluso el sendero bajo mis pies llegó a su fin—. Era absolutamente desdichada; lloré y grité y mi voz emitía un terrible eco en los rocosos valles. Entonces, cayó la noche; busqué un lugar musgoso dónde recostarme, pero no podía dormir. Toda la noche escuché los ruidos más extraños; primero pensé que se trataba de bestias salvajes, después, que era el viento quejándose a través de las rocas y, de nuevo, que se trataba de extraños pájaros. Recé y no fue sino hasta el amanecer, que me quedé dormida.

"Desperté cuando la luz del día me dio en la cara. Frente a mí había una roca. Trepé por ella, esperando encontrar un camino para salir del desierto y, quizás, para ver algunas casas o personas. Pero cuando llegué a la cima, todo a mi alrededor, hasta donde mi mirada alcanzaba a ver, era como la noche —todo oscurecido por una tenebrosa neblina—. El día era oscuro y triste, y mis ojos no podían vislumbrar ningún árbol, ninguna pradera, ni siquiera un matorral, con excepción de unos cuantos arbustos que, en solitaria tristeza, habían germinado entre las grietas de las rocas. Resulta imposible describir el anhelo que sentía por ver a un ser humano, aunque fuese la persona con la apariencia más extraña y con la cual antes me hubiera aterrorizado inevitablemente. Al mismo tiempo, me sentía vorazmente hambrienta. Me senté y resolví morir. Pero después de un rato, el deseo de vivir surgió victorioso; rápidamente me levanté y caminé durante todo el día, llorando de vez en cuando. Finalmente, apenas estaba consciente de lo que hacía; estaba cansada y exhausta, apenas tenía deseos de vivir y, sin embargo, tenía miedo de morir.

"Hacia el atardecer, la región que me rodeaba comenzó a tomar un aspecto un poco más agradable. Mis pensamientos y deseos tomaron nueva vida y en todas mis venas se despertó el deseo de vivir. Entonces creí escuchar el movimiento de un molino a la distancia; redoblé mis pasos y ¡qué aligerada, qué alegre me sentí cuando, al fin, había llegado realmente al límite de las pesadas rocas! Nuevamente aparecían frente a mí bosques y praderas y, a lo lejos, agradables montañas. Sentí como si hubiese salido del infierno para entrar al paraíso; ahora la soledad y mi desamparo ya no me parecían tan terribles.

"En vez del esperado molino, llegué a una cascada la cual, sin duda, disminuyó mi alegría considerablemente. Tomé en mi mano un poco de agua y bebí. De repente, me pareció escuchar una débil tos a corta distancia. Nunca he experimentado una sorpresa tan agradable como en ese momento; me acerqué un poco más y vi, al margen del bosque, a una anciana que parecía estar descansando. Estaba vestida casi totalmente de negro; una capucha negra cubría su cabeza y gran parte de su cara. En su mano sostenía un bastón.

"Me aproximé a ella y le pedí ayuda; hizo que me sentara a su lado y me ofreció pan y algo de vino. Mientras comía, ella cantaba una melodía con una voz estridente y, cuando hubo terminado, dijo que debía seguirla.

"Me alegré con esa propuesta, por más extrañas que me hubieron parecido la voz y la personalidad de la anciana. Caminaba bastante rápido con su bastón y a cada paso distorsionaba su cara, lo cual al principio me hizo reír. Las imponentes rocas disminuían tras nosotros —cruzamos una agradable pradera y después pasamos a través de un bosque bastante extenso—. Al salir de éste, el sol se estaba poniendo, y nunca olvidaré lo que vi y sentí esa tarde. Todo se fundía en el más delicado color rojo y dorado; las copas de los árboles se mantenían erguidas en el rojo incandescente del atardecer, la fascinante luz se esparcía sobre los campos, el bosque y las hojas de los árboles no se movían, el cielo despejado se veía como un paraíso abierto, y las campanas vespertinas de las aldeas sonaban con una extraña melancolía a través de la pradera. Mi alma joven sintió por primera vez al mundo y sus acontecimientos. Me olvidé de mí misma y de mi guía; mi espíritu y mis ojos deambulaban entre doradas nubes.

"Subimos entonces por una colina que estaba plantada con abedules y desde la cumbre se veía un pequeño valle, repleto igualmente de abedules. En medio de los árboles se encontraba una pequeña choza. Un animado ladrido llegó hasta nuestros oídos, y en seguida un pequeño cachorro bailoteaba y movía la cola alrededor de la anciana. Pronto se acercó a mí, me examinó por todos lados y después regresó con movimientos amistosos a la anciana.

"Cuando descendíamos por la colina, escuché un canto maravilloso que parecía provenir de la choza. Sonaba como un pájaro y rezaba así:

¡Oh, soledad del solitario bosque,
donde nadie se entremete,
tú que traes el bien en todo ánimo,
oh, soledad!

"Esta breve estrofa se repetía una y otra vez; si tratara de describir el efecto, diría que parecían las notas mezcladas de un clarín y de un caramillo.

"Mi curiosidad era extrema. Sin esperar a que la anciana me invitara, entré a la choza con ella. Ya había caído el atardecer. Todo estaba en orden: había algunas copas en una alacena, sobre una mesa unos extraños vasos y junto a la ventana colgaba una pequeña y brillante jaula con un pájaro. Sin duda era él al que había escuchado cantar. La anciana jadeó y tosió como si nunca fuera a recuperarse. Entonces acarició al cachorro y le habló al pájaro, que sólo le contestó con sus palabras comunes. Además, actuaba como si yo no estuviese ahí. Mientras la observaba, una serie de escalofríos recorrieron mi cuerpo; como su cara se contraía constantemente y su cabeza temblaba al parecer por la edad, era imposible decir cómo era realmente.

"Cuando finalmente dejó de toser, encendió una vela, dispuso una diminuta mesa y colocó sobre ella la cena. Entonces me miró y me dijo que tomara una de las sillas de bejuco tejido. Me senté frente a ella, quedando la vela entre las dos. Juntó sus huesudas manos y rezó en voz alta, contrayendo su cara todo el tiempo de tal manera, que casi me hace reír. Me cuidaba, sin embargo, de no hacer algo que la hiciera enojar.

"Después de cenar, volvió a rezar y entonces me llevó a una cama dentro de un pequeño cuarto contiguo —ella se durmió en el cuarto principal—. No me quedé despierta mucho tiempo, pues me sentía algo fatigada. Sin embargo, me desperté varias veces durante la noche y escuché a la anciana toser y hablarle al perro, de vez en cuando escuchaba al pájaro que parecía estar soñando y que cantaba unas palabras sueltas de su canción. Estas errantes notas, unidas al crujir de los abedules que se encontraban justo frente a mi ventana, así como la canción del ruiseñor que se escuchaba a lo lejos, formaban una combinación tan extraña, que todo el tiempo sentí no como si estuviera despierta sino como si estuviera cayendo en otro sueño aún más extraño.

"Por la mañana, la anciana me despertó y poco después me dio algo de trabajo por hacer; principalmente, debía hilar, y pronto aprendí cómo hacerlo; además, debía cuidar del perro y del pájaro. No tardé mucho en familiarizarme con el quehacer de la casa y llegué a reconocer todos los objetos alrededor. Comenzaba a sentir que todo era como debía ser; ya no pensaba en que había algo extraño en la anciana o algo romántico en el sitio donde se encontraba su casa ni que el pájaro era asombroso. Si bien me llamaba la atención su belleza ya que sus plumas ostentaban todos los colores posibles, que variaban de un hermoso azul claro hasta un rojo resplandeciente, y cuando cantaba se pavoneaba orgullosamente de tal modo que sus plumas resplandecían de una manera mucho más asombrosa.

"A menudo la anciana salía y no regresaba sino hasta el anochecer. Entonces yo salía con el perro a su encuentro y ella me llamaba niña e hija. Finalmente, llegué a apreciarla sinceramente porque nuestras mentes, especialmente durante la niñez, se acostumbran a todo. Por las noches me enseñaba a leer; pronto aprendí el arte y después se convirtió para mí en una fuente de infinito placer en mi soledad, ya que ella tenía algunos viejos manuscritos que contenían historias maravillosas.

"El recuerdo de la vida que llevé durante ese tiempo me causa, incluso ahora, un extraño sentimiento. Nunca me visitó ninguna persona y me sentía como en casa tan sólo en ese pequeño círculo familiar ya que el perro y el pájaro me causaban la misma impresión que, por lo general, sólo causan los viejos e íntimos amigos. Y aunque lo mencionaba a menudo en ese tiempo, nunca he podido recordar el extraño nombre del perro.

"Así viví con la anciana durante cuatro años y debí haber tenido aproximadamente doce años de edad, cuando finalmente comenzó a tener más confianza y me reveló un secreto. El secreto era este: cada día el pájaro ponía un huevo, y en este huevo siempre había una perla o una piedra preciosa. Ya había notado que a menudo ella hacía algo en secreto dentro de la jaula, pero nunca me había interesado particularmente en eso. Entonces me dejó la tarea de sacar estos huevos durante su ausencia y de colocarlos cuidadosamente dentro de los vasos. Me dejaría comida y ella estaría lejos por largo tiempo —semanas y meses—. Mi pequeña rueca zumbaba, el perro ladraba, el extraordinario pájaro cantaba y, mientras tanto, todo alrededor estaba tan silencioso, que no recuerdo un sólo vendaval o una tormenta durante todo ese tiempo. Ninguna persona extraviada y ningún animal salvaje se acercaron a nuestra casa. Me sentía feliz y cantaba y trabajaba día tras día. Quizás el hombre sería feliz si pudiera pasar así toda su vida, sin ser visto por otros.

"De lo poco que leí me formé una maravillosa idea del mundo y de la humanidad. Todos se alejaban de mí y de la compañía con la cual vivía; así, si alguien me hablara de personas caprichosas, no podría imaginármelas distintas al cachorro; las hermosas mujeres siempre se parecían al pájaro y todas las ancianas eran como mi maravillosa vieja amiga. También había leído acerca del amor y en mi imaginación vivía extraños cuentos. Formé una imagen mental del caballero más hermoso del mundo y lo adorné con toda clase de perfecciones, sin saber realmente, después de todo mi trabajo, qué apariencia tenía. Sin embargo, podía sentir una genuina lástima por mí misma si él no correspondía a mi amor y entonces, para conquistarlo, le daba largos y emotivos discursos, a veces en voz alta. Sonríes —ya todos hemos rebasado esta etapa de la juventud.

"Me gustaba más estar sola porque entonces yo era el ama de la casa. El perro estaba muy encariñado conmigo y hacía todo lo que le pedía que hiciera, el pájaro contestaba todas mis preguntas con su canto, mi rueca siempre giraba alegremente y así, desde el fondo de mi corazón, nunca sentí la necesidad de un cambio. Cuando la anciana regresó de su viaje, elogió mi perseverancia y dijo que su casa había sido conducida de una manera mucho más ordenada porque yo le pertenecía. Estaba encantada con mi progreso y con mi apariencia saludable. En resumen, me trataba en todos aspectos como si fuese una hija.

"'Eres una buena niña', me dijo una vez con una voz chirriante. 'Si sigues así, siempre irá todo bien contigo. Nunca resulta provechoso desviarse del camino correcto, seguramente seguirá el castigo, aunque se tarde mucho tiempo en llegar.' Mientras decía esto, no le puse mucha atención ya que me encontraba con mucha energía. Pero por la noche, me acordé de eso nuevamente y no podía entender a qué se refería con eso. Analicé sus palabras cuidadosamente —había yo leído sobre las riquezas— y, finalmente, caí en la cuenta de que quizá sus perlas y piedras preciosas eran valiosas. Muy pronto esa idea se hizo aún más clara para mí, pero ¿a qué se refería con el camino correcto? Aún no podía comprender por completo el significado de sus palabras.

"Tenía entonces catorce años de edad. Es ciertamente una desgracia que los seres humanos adquieran la razón tan sólo para perder, por ello, la inocencia de sus almas. En otras palabras, comencé a darme cuenta del hecho de que tan sólo dependía de mí el tomar al pájaro y las piedras preciosas en ausencia de la anciana, y salir al mundo del cual había yo leído. Al mismo tiempo, quizás sería posible que me encontrara con mi maravilloso y hermoso caballero, quien aún conservaba un lugar en mi imaginación.

"Al principio, este pensamiento no iba más allá que cualquier otro, pero cuando me sentaba a hilar tan constantemente, siempre volvía contra mi voluntad y me absorbía tanto en él, que ya me veía vestida de etiqueta y rodeada por caballeros y princesas. Y siempre que así me perdía, fácilmente me entristecía cuando levantaba la mirada y me encontraba en mi pequeña y angosta casa. Cuando me ocupaba de mis labores, la anciana ya no me prestaba atención.

"Un día, mi ama volvió a irse y me dijo que esta vez estaría ausente más tiempo del usual —debía prestar una atención rigurosa a todo y no dejar que el tiempo se prolongara en mis manos—. Me despedí de ella con cierta inquietud porque, de algún modo, sentía que nunca debía volver a verla. La cuidé por mucho tiempo y no sabía por qué me sentía tan inquieta; parecía como si mi intención estuviese de pie frente a mí sin yo estar claramente consciente de ello.

"Nunca antes había cuidado tan solícitamente del perro y del pájaro —ahora estaban más cerca de mi corazón que nunca—. La anciana llevaba ausente varios días cuando me hice el firme propósito de abandonar la choza con el pájaro y salir al llamado mundo. Mi mentalidad era estrecha y limitada; de nuevo quería permanecer ahí y, sin embargo, la idea me resultaba repulsiva. En mi alma tuvo lugar un extraño conflicto: era como si dos contenciosos espíritus lucharan dentro de mí. En un momento la tranquila soledad me parecía tan hermosa y, al otro, me hechizaba la imagen de un nuevo mundo con sus numerosas maravillas.

"No sabía qué hacer conmigo misma. El perro bailoteaba continuamente a mi alrededor con insinuaciones amistosas, el sol se extendía alegremente sobre los campos y los verdes abedules brillaban lucidamente. Tuve la sensación de que debía hacer algo de prisa. Por consiguiente, atrapé al cachorro, lo até rápidamente en la habitación y coloqué la jaula, con el pájaro en ella, bajo mi brazo. El perro temblaba y gemía por este inusual trato; me veía con ojos implorantes, pero yo tenía miedo de llevarlo conmigo. También tomé uno de los vasos que estaba lleno de piedras preciosas y lo oculté entre mi ropa. Dejé los otros vasos ahí. El pájaro giró su cabeza de una manera extraña cuando salí por la puerta con él; el perro se esforzó por seguirme, pero se vio obligado a quedarse atrás.

"Evité el camino que llevaba a las impetuosas rocas y caminé en dirección opuesta. El perro seguía ladrando y gimiendo y me sentí afectada por eso. En varias ocasiones el pájaro comenzó a cantar, pero como estaba siendo cargado, le era muy difícil hacerlo. Conforme me alejaba, el ladrido se hizo cada vez más débil y, finalmente, cesó. Lloré y estuve a punto de regresar, pero el anhelo de ver algo nuevo me hizo proseguir.

"Ya había atravesado montañas y varios bosques cuando llegó el anochecer, y me vi obligada a pasar la noche en una aldea. Me sentía muy apenada cuando entré a la posada; me mostraron una habitación y una cama y dormí bastante bien, excepto que soñé a la anciana amenazándome.

"Mi viaje era más bien monótono, pero mientras más avanzaba más me preocupaba la imagen de la anciana y del cachorro. Pensé que tal vez se moriría de hambre sin mi ayuda, y en el bosque a menudo pensaba que me encontraría con la anciana. Así, llorando y suspirando, deambulé, y cada vez que descansaba y colocaba la jaula sobre el suelo, el pájaro cantaba su maravillosa canción y me recordaba la hermosa casa que había abandonado. Como la naturaleza humana es propensa a olvidar, ahora pensaba que el viaje que había hecho de niña no había sido tan triste como el que entonces estaba haciendo y deseaba encontrarme de nuevo en la misma situación.

"Había vendido algunas piedras preciosas y ahora, después de deambular durante muchos días, llegué a una aldea. Tan pronto como entré en ella, me invadió un extraño sentimiento —estaba asustada y no sabía por qué—. Pero pronto descubrí por qué: era la misma aldea donde había yo nacido. ¡Qué sorprendida estaba! ¡Cómo rodaron por mis mejillas las lágrimas de alegría mientras miles de extraños recuerdos volvían a mí! Había muchísimos cambios; se habían construido nuevas casas y otras, que acababan de ser construidas, se encontraban ahora en ruinas. Llegué a algunos sitios donde había habido un incendio. Todo era más pequeño y había más gente de la que yo esperaba. Me entusiasmé al pensar en ver a mis padres nuevamente después de tantos años. Encontré la pequeña casa y el bien conocido umbral —la manija de la puerta estaba como solía estar—. Sentí como si hubiese sido ayer cuando la dejé entreabierta. Mi corazón latió impetuosamente. Rápidamente abrí la puerta, pero alrededor de la habitación unos rostros que me eran completamente extraños, se me quedaron viendo. Pregunté por Martín, el pastor, y me dijeron que él y su esposa habían muerto hacía tres años. Me apresuré a salir y, llorando en alto, abandoné la aldea.

”Había esperado, con cierto placer, sorprenderlos con mis riquezas y que, como resultado de un extraordinario accidente, el sueño de mi niñez se volviera realidad. Y ahora, todo había sido en vano, ya no podrían alegrarse conmigo —la más acariciada esperanza de mi vida se había perdido para siempre.

”Alquilé una casita con jardín en una agradable ciudad y contraté a una doncella. El mundo no resultó ser el maravilloso lugar que había esperado; sin embargo, la anciana y mi anterior hogar se alejaban cada vez más de mi memoria de modo que, en general, vivía tranquilamente.

”El pájaro no había cantado por mucho tiempo, de modo que no me asusté poco cuando, una noche, comenzó a cantar de nuevo la canción que solía cantar; sin embargo, era diferente y rezaba así:

¡Oh, soledad del solitario bosque,
un bien desvanecido y en sueños perseguido
en la ausencia arrepentido,
oh, soledad!

”No pude dormir toda la noche; todo volvía a mi mente y sentía más que nunca que había actuado mal. Cuando me levanté, el ver al pájaro me resultaba repugnante; se me quedaba viendo constantemente y su presencia me preocupaba. No dejaba de cantar y lo hacía de una manera más sonora y estridente que antes. Mientras más lo veía, más inquieta me sentía. Finalmente, abrí la jaula, metí mi mano, lo tomé por el cuello y apreté mis dedos con fuerza. Él me miró suplicante y yo aflojé mi puño, pero ya estaba muerto. Lo enterré en el jardín.

”Me sobrecogía el miedo a mi doncella. Mi pasado se volcaba sobre mí y pensaba que también ella me robaría algún día o quizás hasta me asesinaría. Conocía desde hacía mucho tiempo a un joven caballero a quien le gustaba mucho, le di mi mano y, con eso, señor Walther, termina mi historia."

—La hubieras visto entonces —interrumpió Eckbert rápidamente—. Su juventud, su inocencia, su belleza (¡y qué incomprensible encanto le había dado su solitaria educación!). A mí me pareció una maravilla y la amé inexpresivamente. No tenía propiedades, pero con la ayuda de su amor, adquirí mi actual posición de confortable prosperidad. Nos mudamos a este lugar y nuestra unión, hasta ahora, nunca nos ha causado ni un sólo momento de remordimiento.

—Pero mientras he estado charlando —dijo Bertha nuevamente—, se ha hecho tarde. Vayámonos a la cama.

Ella se levantó para ir a su habitación. Walther besó su mano y le deseó buenas noches, agregando: "Noble mujer, te agradezco. Puedo fácilmente imaginarte con el extraño pájaro y cómo alimentaste al pequeño Strohmi."

Sin contestar, ella salió de la habitación. Walther también se acostó para dormir, pero Eckbert siguió deambulando por la habitación.

"¿Acaso no somos tontos los seres humanos?", se preguntó finalmente a sí mismo. "¡Yo mismo induje a mi esposa a contar su historia y ahora me arrepiento de esta confidencia! Quizás él no la desaproveche. ¿Se la contará a otros? ¿Acaso —por su naturaleza humana— no llegará a sentir un miserable anhelo por nuestras piedras preciosas y hará planes para hurtarlas y encubrir su naturaleza?"

Se le ocurrió que Walther no se había despedido de él tan cordialmente como hubiese sido natural hacerlo después de una charla tan confidencial. Cuando el alma ha sido guiada una vez por la sospecha, ésta encuentra una confirmación de su sospecha en cada detalle. Entonces Eckbert se reprochó a sí mismo por su indigna desconfianza hacia su leal amigo; sin embargo, no podía sacar por completo esa idea de su mente. Toda la noche se sintió agitado por estos pensamientos y durmió muy poco.

Bertha se sentía indispuesta y no se presentó a desayunar. Walther parecía poco preocupado al respecto y, además, dejó al caballero de una manera más bien indiferente. Eckbert no podía comprender su actitud. Entró para ver a su esposa: ella yacía en cama con una fiebre severa y dijo que su historia de la noche anterior debía haberla agitado de esa manera.

Después de esa noche Walther visitaba el castillo de su amigo en muy raras ocasiones y, aun cuando llegaba a hacerlo, se volvía a ir después de algunas palabras triviales. Eckbert se sentía muy contrariado por este comportamiento; sin embargo, trató de que ni Bertha ni Walther lo notaran, pero seguramente ambos debieron haberse dado cuenta de su íntima inquietud.

La enfermedad de Bertha se hizo cada vez peor. El doctor meneó la cabeza: el color de sus mejillas había desaparecido y sus ojos se hicieron cada vez más brillosos.

Una mañana, llamó a su esposo al lado de su cama y le pidió a sus doncellas que se retiraran.

—Querido esposo —comenzó diciendo—, debo revelarte algo que casi me ha privado de la razón y que ha arruinado mi salud, por más insignificante que parezca. Sabes que todas las veces que te he contado mi historia, nunca he podido, a pesar de mis esfuerzos, recordar el nombre del cachorro con el que viví tanto tiempo. Esa noche, cuando le conté mi historia a Walther, cuando nos retiramos, me dijo de repente: "Puedo imaginarme fácilmente cómo alimentaste al pequeño Strohmi". ¿Acaso fue accidental? ¿Quizás adivinó el nombre o lo mencionó intencionalmente? ¿Y entonces, qué relación tiene este hombre con mi destino? La idea de que todo ha sido un accidente me ha estado rondando una y otra vez —pero es evidente, demasiado evidente—. Me causó terror el hecho de que una persona tan extraña como esa acuda a mi memoria. ¿Tú qué opinas, Eckbert?"

Eckbert observó a su sufriente esposa con profunda ternura. Guardó silencio pero estaba meditando. Entonces le dijo algunas palabras reconfortantes y salió de la habitación. En un dormitorio apartado, se paseaba de un lado a otro con indescriptible inquietud. Por muchos años, Walther había sido su único amigo y, sin embargo, era este hombre la única persona en el mundo cuya existencia lo oprimía y lo atormentaba. Le parecía que su corazón se sentiría aliviado y feliz si tan sólo esta persona fuese apartada del camino. Tomó su ballesta con la intención de distraer su mente yendo de cacería.

Era un lluvioso y frío día de invierno; una pesada nieve cubría las montañas y doblaba las ramas de los árboles. Deambulaba con el sudor escurriendo por su frente. No se cruzó con ningún animal de caza y eso aumentó su mal humor. De repente vio algo moverse en la distancia. Era Walther recolectando musgo de los árboles. Sin saber lo que hacía, apuntó; Walther volteó a verlo y se movió hacia el con un gesto amenazante. Pero mientras lo hacía, la flecha se disparó y Walther cayó de bruces.

Eckbert se sentía tranquilo y aliviado y, sin embargo, una sensación de terror lo hizo volver al castillo. Tenía mucho tramo por recorrer, ya que se había adentrado muy lejos en el bosque. Al llegar a casa, Bertha ya había fallecido; antes de morir había hablado mucho acerca de Walther y de la anciana.

Durante mucho tiempo, Eckbert vivió en gran aislamiento. Siempre se había sentido melancólico porque la extraña historia de su esposa lo preocupaba; siempre había vivido con el temor de que tuviera lugar algún desafortunado final, pero ahora estaba en total desacuerdo consigo mismo. Veía constantemente el asesinato de su amigo —y pasó su vida reprochándose.

A fin de distraer sus pensamientos, viajaba ocasionalmente hasta la ciudad más cercana, en donde asistía a fiestas y banquetes. Anhelaba tener un amigo con quien llenar el vacío de su alma y, de nuevo, cuando pensaba en Walther, la simple mención de la palabra "amigo" lo hacía temblar.

Había vivido tanto tiempo en total armonía con Bertha y la amistad de Walther lo había hecho tan feliz, y ahora ambos le habían sido arrebatados tan repentinamente, que su vida le parecía a veces más un extraño cuento de hadas que una existencia mortal.

Un caballero, Hugo von Wolfsberg, se sintió atraído por el callado y melancólico Eckbert y parecía alimentar un genuino afecto por él. Eckbert se sintió extrañamente sorprendido; recibía mayores muestras de amistad de las que había esperado. Ahora se reunían con frecuencia y el extraño le hacía a Eckbert toda clase de favores, rara vez salía uno sin el otro y se encontraban en todas las fiestas; en resumen, parecían inseparables.

Sin embargo, Eckbert se sentía feliz sólo por breves momentos porque sentía que Hugo lo quería por error —no lo conocía y tampoco conocía su historia—; y sintió de nuevo el mismo impulso de abrirle su alma a fin de saber qué tan sólida era su amistad. Pero, de nuevo, las dudas y el temor a ser aborrecido le impedían hacerlo. Hubieron muchas horas en las que se sentía convencido de su propia indignidad en cuanto a que ninguna persona que lo conociera íntimamente podría considerarlo digno de estima. Sin embargo, no pudo resistir el impulso; en el curso de un largo paseo le reveló a su amigo toda la historia y le preguntó si sería posible que apreciara a un asesino. Hugo se sintió conmovido y trató de confortarlo. Eckbert lo siguió de vuelta a la ciudad con un corazón más aligerado.

Sin embargo, parecía ser su condena el que sus sospechas se despertaran justo en el momento en que ya había hecho la confidencia ya que, no acababan de entrar al vestíbulo, cuando el resplandor de las luces reveló en el rostro de su amigo una expresión que no le gustó. Creyó detectar una maliciosa sonrisa y le parecía que él, Hugo, le hablaba muy poco, que lo hacía mucho más con las otras personas presentes y que parecía no prestarle a él ninguna atención. Había en el grupo un viejo caballero que siempre se había mostrado como el rival de Eckbert y que a menudo lo interrogaba de una manera peculiar acerca de sus riquezas y de su esposa. Hugo se aproximó entonces a este hombre y hablaron en secreto por largo rato, mientras observaban a Eckbert de cuando en cuando. Eckbert vio en esto la confirmación de sus sospechas; pensó que había sido traicionado y una terrible ira se apoderó de él. Mientras observaba en esa dirección, de repente vio la cabeza, los rasgos y todo el cuerpo de Walther, los cuales le eran tan familiares. Observando todavía, se convenció de que no era otra persona sino el mismo Walther quien estaba platicando con el viejo. Su terror era indescriptible; completamente fuera de sí, salió apresuradamente, dejó la ciudad esa noche y, después de extraviarse muchas veces, regresó a su castillo.

Como un inquieto espíritu, corrió de una habitación a otra. No podía pensar claramente; las imágenes en su mente eran cada vez más terribles y no pudo conciliar el sueño. Se le ocurría que estaba loco y que todas esas ideas eran solamente producto de su propia imaginación. Entonces recordaba de nuevo las facciones de Walther y todo le parecía más confuso que nunca. Resolvió hacer un viaje a fin de ordenar sus pensamientos; ya había renunciado a la idea de tener un amigo y al deseo de tener compañía.

Sin tener contemplado un destino determinado y sin prestarle mucha atención al país que yacía frente a él, partió. Después de haber trotado en su caballo durante varios días, de repente se perdió en un laberinto de rocas del cual no podía encontrar una salida. Finalmente, encontró a un viejo aldeano que le mostró cómo salir cruzando una cascada. Intentó darle unas cuantas monedas como agradecimiento, pero el aldeano las rechazó.

"¿Qué puede significar eso?", se preguntó a sí mismo. "Podría fácilmente imaginarme que ese hombre no es otro que Walther."

Volvió la mirada una vez más, ¡y ciertamente no era otro que Walther!

Eckbert espoleó a su caballo para que corriera lo más rápido posible a través de praderas y bosques hasta que, completamente exhausto, se colapsó debajo de él. Con indiferencia, prosiguió su camino a pie.

Como en sueños, ascendió por una colina. Ahí le pareció escuchar a un perro ladrar alegremente en la cercanía —se encontraba rodeado de abedules— y escuchó las notas de una maravillosa canción:

¡Oh, soledad del solitario bosque,
tú, el bien superior,
donde cobijas la alegría renovada,
oh, soledad!

Ahora todo dependía de la conciencia y de los sentidos de Eckbert; no podía resolver el misterio de si estaba soñando en ese momento o si había soñado a una mujer llamada Bertha. Lo más maravilloso se confundía con lo más común —el mundo que lo rodeaba estaba embrujado—: no podía controlar ningún pensamiento, ningún recuerdo.

Una anciana encorvada y con un bastón subió por la colina, tosiendo.

—¿Acaso traes mi pájaro, mis perlas, mi perro? —le gritó—. Observa: el mal se castiga a sí mismo. Yo y nadie más era tu amigo Walther, tu Hugo.

"¡Dios del cielo!", se dijo Eckbert a sí mismo, "en qué terrible soledad he pasado mi vida."

—Bertha era tu hermana.

Eckbert cayó al suelo.

—¿Por qué me abandonó tan fácilmente? De otro modo, todo hubiese sido feliz —su tiempo de prueba ya había terminado—. Ella era la hija de un caballero que le pidió a un pastor que la criara: la hija de tu padre.

—¿Por qué siempre tuve un presentimiento sobre estos hechos? —exclamó Eckbert.

—Porque en tu juventud escuchaste a tu padre hablar al respecto. A causa de su esposa, no podía criar solo a esa niña porque era la hija de otra mujer.

Eckbert deliraba mientras respiraba su último aliento; aturdido y confundido, escuchaba a la anciana hablar, al perro ladrar y al pájaro repetir su canción.

El mortal inmortal

Mary Shelley
(Londres, 1797-1850)

Fue hija de Mary Wollstonecraft, una notable feminista, y William Godwin, un periodista y filósofo anarquista. A los 16 años huyó con el poeta Percy Bysshe Shelley, de quien se había enamorado: para su sorpresa no contó con la aprobación de Godwin, pero tomó el apellido de Shelley, permaneció a su lado y, al cumplir los 18, se casó con él. Pese a diversos sinsabores, la vida de la pareja se dedicó grandemente a la literatura —que cultivaban y discutían como iguales— hasta la muerte temprana de Percy en 1822; a partir de entonces, Mary se dedicó a su propia familia, la preservación de la obra de su esposo y sólo ocasionalmente su propio trabajo como escritora.

Su obra más perdurable comenzó en circunstancias que se han vuelto legendarias: el 16 de junio de 1816, reunidos en Suiza con Lord Byron y John Polidori, los Shelley participaron en una velada en la que Byron propuso que todos escribieran una historia de horror. Durante días, Mary luchó por comenzar su narración; la noche del día 22, una pesadilla —la visión de un hombre y su criatura monstruosa— le dio la imagen inicial de su novela *Frankenstein, o el moderno Prometeo*, publicada en 1818 y recordada hasta hoy como una de las más fascinantes e influyentes de la literatura occidental. Importa decir que en ese libro aparecen —aunque de modo sutil— no sólo los temas y las imágenes famosas, sino también numerosas referencias a la ideología progresista de su autora; por ejemplo, la criatura es vegetariana.

El cuento que aquí presentamos fue publicado por primera vez en el anuario *The Keepsake for MDCCCXXXIV* (1833) con su título original: "The mortal immortal".

Día 16 de julio de 1833. Éste es un aniversario memorable para mí; ¡hoy cumplo trescientos veintitrés años!

¿El Judío Errante?... Seguro que no. Más de dieciocho siglos han pasado por encima de su cabeza. En comparación con él, soy un Inmortal muy joven.

¿Soy, entonces, inmortal? Ésa es un pregunta que me he formulado a mí mismo, día y noche, desde hace trescientos tres años, y aún no conozco la respuesta. He detectado una cana entre mi pelo castaño, hoy precisamente...; eso significa con toda seguridad deterioro. Pero puede haber permanecido escondida ahí durante trescientos años...; a algunas personas se les vuelve completamente blanco el cabello antes de los veinte años de edad.

Contaré mi historia, y que el lector juzgue por mí. Al menos, así conseguiré pasar algunas horas de una larga eternidad que se me hace tan tediosa. ¡Eternamente! ¿Es eso posible? ¡Vivir eternamente! He oído de encantamientos en los cuales las víctimas son sumidas en un profundo sueño, para despertar, tras un centenar de años, tan frescas como siempre; he oído hablar de los Siete Durmientes... De modo que ser inmortal no debería ser tan opresivo para mí; pero, ¡ay!, el peso del interminable tiempo..., ¡el tedioso pasar de la procesión de las horas! ¡Qué feliz fue el legendario Nourjahad! Mas en cuanto a mí...

Todo el mundo ha oído hablar de Cornelius Agrippa. Su recuerdo es tan inmortal como su arte me ha hecho a mí. Todo el mundo ha oído hablar también de su discípulo, que descuidadamente dejó en libertad al espíritu maligno durante la ausencia de su maestro y fue destruido por él. La noticia, verdadera o falsa, de este accidente le ocasionó muchos problemas al renombrado filósofo.

Todos sus discípulos lo abandonaron, sus sirvientes desaparecieron... Se encontró sin nadie que fuera añadiendo carbón a sus permanentes fuegos mientras él dormía, o vigilara los cambios de color de sus medicinas mientras él estudiaba. Experimento tras experimento fracasaron, porque un par de manos eran insuficientes para completarlos; los espíritus tenebrosos se rieron de él por no ser capaz de retener a un solo mortal a su servicio.

Yo era muy joven por aquel entonces —y muy pobre—, y estaba muy enamorado. Había sido durante casi un año pupilo de Cornelius, aunque estaba ausente cuando aquel accidente tuvo lugar. A mi regreso, mis amigos me imploraron que no retornara a la morada del alquimista. Temblé cuando escuché el terrible relato que me hicieron; no necesité una segunda advertencia. Y cuando Cornelius vino y me ofreció una bolsa de oro si me quedaba bajo su techo, sentí como si el propio Satán me estuviera tentando. Mis dientes castañetearon, todo mi pelo se erizó, y eché a correr tan rápido como mis temblorosas rodillas me lo permitieron.

Mis vacilantes pies se dirigieron hacia el lugar al que durante dos años se habían sentido atraídos cada atardecer..., un agradable arroyo espumeante de cristalina agua, junto al cual paseaba una muchacha de pelo oscuro, cuyos radiantes ojos estaban fijos en el camino que yo acostumbraba a recorrer cada noche. No puedo recordar un momento en que no haya estado enamorado de Bertha; habíamos sido vecinos y compañeros de juegos desde la infancia.

Sus padres, al igual que los míos, eran humildes pero respetables, y nuestra mutua atracción había sido una fuente de placer para ellos.

En una aciaga hora, sin embargo, una fiebre maligna se

llevó a la vez a su padre y a su madre, y Bertha quedó huérfana. Hubiera hallado un hogar bajo el techo de mis padres pero, desgraciadamente, la vieja dama del castillo cercano, rica, sin hijos y solitaria, declaró su intención de adoptarla. A partir de entonces Bertha se vio ataviada con sedas y viviendo en un palacio de mármol, y parecía como si hubiera sido altamente favorecida por la fortuna. No obstante, pese a su nueva situación y sus nuevas relaciones, Bertha permaneció fiel al amigo de sus días humildes. A menudo visitaba la casa de mi padre, y aun cuando tenía prohibido ir más allá, con frecuencia se dirigía paseando hacia el bosquecillo cercano y se encontraba conmigo junto a aquella umbría fuente.

Solía decir que no sentía ninguna obligación hacia su nueva protectora que pudiera igualar la devoción que la unía a nosotros.

Sin embargo, yo seguía siendo demasiado pobre para poder casarme, y ella empezó a sentirse incomodada por el tormento que sentía en relación a mí. Tenía un espíritu noble pero impaciente, y cada vez se mostraba más irritada por los obstáculos que impedían nuestra unión. Ahora nos reuníamos tras una ausencia de mi parte, y ella se había sentido sumamente acosada mientras yo estaba lejos.

Se quejó amargamente y casi me reprochó el ser pobre. Yo repliqué rápidamente:

—¡Soy pobre pero honrado! Si no lo fuera, muy pronto podría ser rico.

Esta exclamación acarreó un millar de preguntas. Temí impresionarla demasiado revelándole la verdad, pero ella supo sacármela; y luego, lanzándome una mirada de desdén, dijo:

—¡Pretendes amarme y temes enfrentarte al demonio por mí!

Protesté que solamente había temido ofenderla..., mientras que ella no hacía más que hablar de la magnitud de la recompensa que yo iba a recibir. Así animado —y avergonzado por ella—, y empujado por mi amor y por la esperanza y riéndome de mis anteriores miedos, regresé a pasos rápidos y con el corazón ligero a aceptar la oferta del alquimista, e instantáneamente me vi instalado en mi puesto.

Transcurrió un año. Me vi poseedor de una suma de dinero que no era insignificante precisamente. El hábito había hecho desvanecer mis temores. Pese a toda mi atenta vigilancia, jamás había detectado la huella de un pie hendido; ni el estudioso silencio ni nuestra morada fueron perturbados jamás por aullidos demoníacos.

Yo seguí manteniendo mis entrevistas clandestinas con Bertha, y la esperanza nació en mí... La esperanza, pero no la alegría perfecta, porque Bertha creía que amor y seguridad eran enemigos, y se complacía en dividirlos en mi pecho. Aunque de buen corazón, era en cierto modo de costumbres coquetas; yo me sentía tan celoso como un turco. Me despreciaba de mil maneras, sin querer aceptar nunca que estaba equivocada. Me volvía loco de irritación, y luego me obligaba a pedirle perdón. A veces me reprochaba que yo no era suficientemente sumiso, y luego me contaba alguna historia de un rival, que gozaba de los favores de su protectora. Estaba rodeada constantemente por jóvenes vestidos de seda..., ricos y alegres.

¿Qué posibilidades tenía el pobremente vestido ayudante de Cornelius comparado con ellos?

En una ocasión, el filósofo exigió tanto de mi tiempo que no pude ir al encuentro de Bertha como era mi costumbre. Estaba dedicado a algún trabajo importante, y me vi obligado a quedarme, día y noche, alimentando sus hornos y vigilando sus preparaciones químicas. Mi amada me aguardó en vano junto a la fuente. Su espíritu altivo llameó ante este abandono; y cuando finalmente pude salir, robándole unos pocos minutos al tiempo que se me había concedido para dormir, y confié en ser consolado por ella, me recibió con desdén, me despidió despectivamente y afirmó que ningún hombre que no pudiera estar por ella en dos lugares a la vez poseería jamás su mano. ¡Se desquitaría de aquello! Y realmente lo hizo.

En mi sucio retiro oí que había estado cazando, escoltada por Albert Hoffer, quien era uno de los favorecidos por su protectora, y los tres pasaron cabalgando junto a mi ahumada ventana.

Me parece que mencionaron mi nombre; fue seguido por una carcajada de burla, mientras los oscuros ojos de ella miraban desdeñosos hacia mi morada.

Los celos, con todo su veneno y toda su miseria, penetraron en mi pecho. Derramé un torrente de lágrimas, pensando que nunca podría proclamarla mía; y luego maldecí un millar de veces su inconstancia. Pero mientras tanto, seguí avivando los fuegos del alquimista, seguí vigilando los cambios de sus incomprensibles medicinas.

Cornelius había estado vigilando también durante tres días y tres noches, sin cerrar los ojos. Los progresos de sus alambiques eran más lentos de lo que esperaba; pese a su ansiedad, el sueño pesaba sobre sus ojos. Una y otra vez arrojaba la somnolencia lejos de sí, con una energía más que humana; una y otra vez obligaba a sus sentidos a permanecer alertas. Contemplaba sus crisoles anhelosamente.

—Aún no están a punto —murmuraba—. ¿Deberá pasar otra noche antes de que el trabajo esté realizado? Winzy, tú sabes estar atento, eres constante... Además, la noche pasada dormiste. Observa esa redoma de cristal. El líquido que contiene es de un color rosa suave; en el momento en que empiece a cambiar de aspecto, despiértame... Hasta entonces podré cerrar un momento los ojos. Primero debe volverse blanco, y luego emitir destellos dorados; pero no aguardes hasta entonces; cuando el color rosa empiece a palidecer, despiértame.

Apenas oí las últimas palabras, murmuradas casi en medio del sueño. Sin embargo, dijo aún:

—Y Winzy, muchacho, no toques la redoma... No te la

lleves a los labios; es un filtro..., un filtro para curar el amor. No querrás dejar de amar a tu Bertha... ¡Cuidado, no bebas!

Y se durmió. Su venerable cabeza se hundió en su pecho, y yo apenas oí su regular respiración. Durante unos minutos observé las redomas...; la apariencia rosada del líquido permanecía inamovible.

Luego mis pensamientos empezaron a divagar... Visitaron la fuente y se recrearon en un millar de agradables escenas que ya nunca volverían... ¡Nunca! Serpientes y víboras anidaron en mi cabeza mientras la palabra *nunca* se semiformaba en mis labios. ¡Mujer falsa! ¡Falsa y cruel! Nunca me sonreiría a mí como aquella tarde le había sonreído a Albert. ¡Mujer despreciable y ruin! No me quedaría sin vengarme... Haría que viera a Albert expirar a sus pies; ella no era digna de morir a mis manos. Había sonreído desdeñosa y triunfante... Conocía mi miseria y su poder. Pero ¿qué poder tenía?... El poder de excitar mi odio, todo mi desprecio, mi... ¡Todo menos mi indiferencia! Si pudiera lograr eso..., si pudiera mirarla con ojos indiferentes, transferir mi rechazado amor a otro más real y merecido... ¡Eso sería una auténtica victoria!

Un resplandor llameó ante mis ojos. Había olvidado la medicina del adepto. La contemplé maravillado: destellos de admirable belleza, más brillantes que los que emite el diamante cuando los rayos del sol penetran en él, resplandecían en la superficie del líquido; un olor de entre los más fragantes y agradables inundó mis sentidos. La redoma parecía un globo de viviente radiación, precioso a los ojos, invitando a ser probado. El primer pensamiento, inspirado instintivamente por mis más bajos sentidos, fue: "lo haré..., debo beber".

Alcé la redoma hacia mis labios. "Esto me curará del amor..., ¡de la tortura!" Llevaba bebida ya la mitad del más delicioso licor que jamás hubiera probado paladar de hombre alguno, cuando el filósofo se agitó. Me sobresalté y dejé caer la redoma... El fluido se extendió llameando por el suelo, mientras sentía que Cornelius aferraba mi garganta y chillaba:

—¡Infeliz! ¡Has destruido la labor de mi vida!

Cornelius no se había dado cuenta de que yo había bebido una parte de su droga. Tenía la impresión, y me apresuré a confirmarla, de que yo había alzado la redoma por curiosidad y que, asustado por su brillo y el llamear de su intensa luz, la había dejado caer. Nunca le dejé entrever lo contrario. El fuego de la medicina se apagó, la fragancia murió... y él se calmó, como debe hacer un filósofo ante las más duras pruebas, y me envió a descansar.

No intentaré describir los sueños de gloria y felicidad que bañaron mi alma en el paraíso durante las restantes horas de aquella memorable noche. Las palabras serían pálidas y triviales para describir mi alegría, o la exaltación que me poseía cuando me desperté.

Flotaba en el aire..., mis pensamientos estaban en los cielos. La tierra parecía ser el mismo cielo, y mi herencia era una completa felicidad. "Eso representa el sentirme curado del amor —pensé—. Veré a Bertha hoy, y ella descubrirá a su amante frío y despreocupado; demasiado feliz para mostrarse desdeñoso, ¡pero cuan absolutamente indiferente hacia ella!"

Pasaron las horas. El filósofo, seguro de haber triunfado una vez, y creyendo que lo conseguiría de nuevo, empezó a preparar una vez más la misma medicina. Se encerró con sus libros y potingues, y yo tuve el día libre. Me vestí con todo cuidado; me miré en un escudo viejo pero pulido que me sirvió de espejo; me pareció que mi buen aspecto había mejorado extraordinariamente. Me precipité más allá de los límites de la ciudad, la alegría en el alma, las bellezas del cielo y de la tierra rodeándome. Dirigí mis pasos hacia el castillo. Podía mirar sus altivas torres con el corazón ligero, porque estaba curado del amor. Mi Bertha me vio desde lejos, mientras subía por la avenida. No sé qué súbito impulso animó su pecho, pero al verme saltó como un corzo bajando las escalinatas de mármol y echó a correr hacia mí. Pero yo había sido visto también por otra persona. La bruja de alta cuna, que se llamaba a sí misma su protectora y que en realidad era su tirana, también me había divisado. Renqueó, jadeante, hacia la terraza. Un paje, tan feo como ella, echó a correr tras su ama, abanicándola mientras la arpía se apresuraba y detenía a mi hermosa muchacha con un:

—¿Adónde va mi imprudente señorita? ¿Adónde tan aprisa? ¡Vuelve a tu jaula..., ahí delante hay halcones!

Bertha se apretó las manos, los ojos clavados aún en mi figura que se aproximaba. Vi su lucha consigo misma. Cómo odié a la vieja bruja que refrenaba los gentiles impulsos del blando corazón de mi Bertha. Hasta entonces, el respeto a su rango social había hecho que evitara a la dama del castillo; desdeñé tan trivial consideración. Estaba curado del amor, y elevado más allá de todos los temores humanos; me apresuré hacia delante, y pronto alcancé la terraza. ¡Qué encantadora estaba Bertha! Sus ojos llameaban; sus mejillas resplandecían con impaciencia y rabia; estaba un millar de veces más graciosa y atractiva que nunca. Ya no la amaba..., ¡oh, no! La adoraba..., la reverenciaba..., ¡la idolatraba!

Aquella mañana había sido perseguida, con más vehemencia de lo habitual, para que consintiera en un matrimonio inmediato con mi rival. Se le reprocharon los ánimos y las esperanzas que había dado, se la amenazó con ser arrojada de casa vergonzosamente y en desgracia. Su orgulloso espíritu se alzó en armas ante la amenaza; pero cuando recordó el desprecio que había exhibido ante mí, y cómo, quizás, había perdido con ello al que consideraba como a su único amigo, lloró de remordimiento y rabia. Y en aquel momento aparecí yo.

—¡Oh, Winzy! —exclamó—. Llévame a casa de tu madre; hazme abandonar rápidamente los detestables lujos y la ruindad de esta noble morada...; devuélveme a la pobreza y a la felicidad.

La abracé fuertemente, sintiéndome transportado. La vieja dama estaba sin habla por la furia, y sólo prorrumpió en invectivas cuando ya nos hallábamos lejos en nuestra calle, camino a mi casa natal. Mi madre recibió a la hermosa fugitiva, escapada de una jaula dorada a la naturaleza y a la libertad, con ternura y alegría; mi padre, que la amaba, la recibió de todo corazón. Fue un día de regocijo, que no necesitó de la adición de la poción celestial del alquimista para llenarme de dicha.

Poco después de aquel día memorable me convertí en el esposo de Bertha. Dejé de ser el ayudante de Cornelius, pero continué siendo su amigo. Siempre me sentí agradecido hacia él por haberme procurado, inconscientemente, aquel delicioso trago de un elixir divino que, en vez de curarme del amor (¡triste cura!, solitario remedio carente de alegría para maldiciones que parecen bendiciones al recuerdo), me había inspirado valor y resolución, trayéndome el premio de un tesoro inestimable en la persona de mi Bertha.

Siempre he recordado con maravilla ese periodo de trance parecido a la embriaguez. La pócima de Cornelius no había cumplido con la tarea para la cual afirmaba él que había sido preparada, pero sus efectos habían sido más poderosos y felices de lo que las palabras pueden expresar. Se fueron desvaneciendo gradualmente, pero permanecieron largo tiempo... y colorearon mi vida con matices de esplendor. A menudo Bertha se maravillaba de mi radiante corazón y de mi constante alegría porque, antes, yo había sido de carácter más bien serio, incluso triste. Me amaba aún más por mi temperamento jovial, y nuestros días estaban teñidos de alegría.

Cinco años más tarde fui llamado inesperadamente a la cabecera del agonizante Cornelius. Había enviado por mí, conjurándome a que acudiera al instante a su presencia. Lo encontré tendido, mortalmente débil. Toda la vida que le quedaba animaba sus penetrantes ojos, que estaban fijos en una redoma de cristal, llena de un líquido rosado.

—¡He aquí la vanidad de los anhelos humanos! —dijo, con una voz rota que parecía surgir de sus entrañas—. Mis esperanzas estaban a punto de verse coronadas por segunda vez, y por segunda vez se ven destruidas. Mira esa pócima... Recuerda que hace cinco años la preparé también, con idéntico éxito. Entonces, como ahora, mis sedientos labios esperaban saborear el elixir inmortal... ¡Tú me lo arrebataste! Y ahora ya es demasiado tarde.

Hablaba con dificultad, y se dejó caer sobre la almohada. No pude evitar decir:

—¿Cómo, reverenciado maestro, puede una cura para el amor restaurar su vida?

Una débil sonrisa revoloteó en su rostro, mientras yo escuchaba intensamente su apenas inteligible respuesta.

—Una cura para el amor y para todas las cosas... El elixir de la inmortalidad. ¡Ah! ¡Si ahora pudiera beberlo, viviría eternamente!

Mientras hablaba, un relampagueo dorado brotó del fluido y una fragancia que yo recordaba muy bien se extendió por los aires.

Cornelius se alzó, débil como estaba; las fuerzas parecieron volver a él milagrosamente. Tendió su mano hacia delante... Entonces, una fuerte explosión me sobresaltó, un rayo de fuego brotó del elixir... ¡y la redoma de cristal que lo contenía quedó reducida a átomos! Volví mis ojos hacia el filósofo. Se había derrumbado hacia atrás. Sus ojos eran vidriosos, sus rasgos estaban rígidos...

¡Había muerto!

¡Pero yo vivía, e iba a vivir eternamente! Así lo había dicho el infortunado alquimista, y durante unos días creí en sus palabras.

Recordé la gloriosa intoxicación que había seguido a mi subrepticio beber. Reflexioné sobre el cambio que había sentido en mi cuerpo, en mi alma. La ligera elasticidad del primero, el luminoso vigor de la segunda. Me observé en un espejo, y no pude percibir ningún cambio en mis rasgos tras los cinco años transcurridos. Recordé el radiante color y el agradable aroma de aquel delicioso brebaje, el valioso don que era capaz de conferir... Entonces, ¡era inmortal!

Pocos días más tarde me reía de mi credulidad. El viejo proverbio de que "nadie es profeta en su tierra" era cierto con respecto a mí y a mi difunto maestro. Lo apreciaba como hombre, lo respetaba como sabio, pero me burlaba de la idea de que pudiera mandar sobre los poderes de las tinieblas, y me reía de los supersticiosos temores con los que era mirado por el vulgo. Era un filósofo juicioso, pero no tenía tratos con ningún espíritu excepto aquellos revestidos de carne y huesos. Su ciencia era simplemente humana; y la ciencia humana, me persuadí muy pronto, nunca podrá conquistar las leyes de la naturaleza hasta tal punto que logre aprisionar eternamente el alma dentro de un habitáculo carnal. Cornelius había obtenido una bebida que refrescaba y aligeraba el alma; algo más embriagador que el vino, mucho más dulce y fragante que cualquier fruta. Probablemente poseía fuertes poderes medicinales, impartiendo ligereza al corazón y vigor a los miembros; pero sus efectos terminaban desapareciendo; ya no debían de existir siquiera en mi organismo. Era un hombre afortunado que había bebido un sorbo de salud y de alegría de espíritu, y quizá también de larga vida, de manos de mi maestro; pero mi buena suerte terminaba ahí: la longevidad era algo muy distinto de la inmortalidad.

Continué con esta creencia durante varios años. A veces un pensamiento cruzaba furtivamente por mi cabeza... ¿Estaba realmente equivocado el alquimista? Sin embargo, mi creencia habitual era que seguiría la suerte de todos los hijos de Adán a su debido tiempo. Un poco más tarde quizá, pero siempre a una edad natural.

No obstante, era innegable que mantenía un sorprendente aspecto juvenil. Me reía de mi propia vanidad consultando muy a menudo el espejo. Pero lo consultaba en vano;

mi frente estaba libre de arrugas, mis mejillas, mis ojos..., toda mi persona continuaba tan lozana como en mi vigésimo cumpleaños.

Me sentía turbado. Miraba la marchita belleza de Bertha... Yo parecía más bien su hijo. Poco a poco, nuestros vecinos comenzaron a hacer similares observaciones, y al final descubrí que empezaban a llamarme "el discípulo embrujado". La propia Berta empezó a mostrarse inquieta. Se volvió celosa e irritable, y al poco tiempo empezó a hacerme preguntas. No teníamos hijos; éramos totalmente el uno para el otro. Y pese a que, al ir haciéndose más vieja, su espíritu vivaz se volvió un poco propenso al mal genio y su belleza disminuyó un tanto, yo la seguía amando con todo mi corazón como a la muchachita a la que había idolatrado, la esposa que siempre había anhelado y que había conseguido con un tan perfecto amor.

Finalmente, nuestra situación se hizo intolerable: Bertha tenía cincuenta años..., yo veinte. Yo había adoptado en cierta medida, y no sin algo de vergüenza, las costumbres de una edad más avanzada. Ya no me mezclaba en el baile entre los jóvenes, pero mi corazón saltaba con ellos mientras contenía mis pies. Y empecé a tener cierta mala fama entre los viejos de nuestro pueblo. Las cosas fueron deteriorándose. Éramos evitados por todos. Se dijo de nosotros —de mí al menos— que habíamos hecho un trato inicuo con alguno de los supuestos amigos de mi anterior maestro. La pobre Bertha era objeto de piedad, pero evitada. Yo era mirado con horror y aborrecimiento.

¿Qué podíamos hacer? Permanecer sentados junto a nuestro fuego... La pobreza se había instalado con nosotros, ya que nadie quería los productos de mi granja; y a menudo me veía obligado a viajar veinte millas, hasta algún lugar donde no fuera conocido, para vender mis cosechas. Sí, es cierto, habíamos ahorrado algo para los malos días..., y esos días habían llegado.

Permanecíamos sentados solos junto al fuego, el joven de viejo corazón y su envejecida esposa. De nuevo Bertha insistió en conocer la verdad; recapituló todo lo que había oído decir de mí, y añadió sus propias observaciones. Me conjuró a que le revelara el hechizo; describió cómo me quedarían mejor unas sienes plateadas que el color castaño de mi pelo; disertó acerca de la reverencia y el respeto que proporcionaba la edad... y lo preferible que eran a las distraídas miradas que se les dirigía a los niños. ¿Acaso imaginaba que los despreciables dones de la juventud y buena apariencia superaban la desgracia, el odio y el desprecio? No, al final sería quemado como practicante de artes negras, mientras que ella, a quien ni siquiera me había dignado comunicarle la menor porción de mi buena fortuna, sería lapidada como mi cómplice. Finalmente, insinuó que debía compartir mi secreto con ella y concederle los beneficios de los que yo gozaba, o se vería obligada a denunciarme..., y entonces estalló en llanto.

Acorralado, me pareció que era mejor decirle la verdad.

Se la revelé tan tiernamente como me fue posible, y hablé tan sólo de una muy larga vida, no de inmortalidad..., concepto que, de hecho, coincidía mejor con mis propias ideas. Cuando terminé, me levanté y dije:

—Y ahora, mi querida Bertha, ¿denunciarás al amante de tu juventud? No lo harás, lo sé. Pero es demasiado duro, mi pobre esposa, que tengas que sufrir a causa de mi aciaga suerte y de las detestables artes de Cornelius. Me marcharé. Tienes buena salud y amigos con los que ir en mi ausencia. Sí, me iré; joven como parezco, y fuerte como soy, puedo trabajar y ganarme el pan entre desconocidos, sin que nadie sepa ni sospeche nada de mí. Te amé en tu juventud. Dios es testigo de que no te abandonaré en tu vejez, pero tu seguridad y tu felicidad requieren que ahora haga esto.

Tomé mi sombrero y me dirigí hacia la puerta; en un momento los brazos de Bertha rodeaban mi cuello, y sus labios se apretaban contra los míos.

—No, esposo mío, mi Winzy —dijo—. No te irás solo... Llévame contigo; nos marcharemos de este lugar y, como tú dices, entre desconocidos estaremos seguros sin que nadie sospeche de nosotros. No soy tan vieja todavía como para avergonzarte, mi Winzy; y me atrevería a decir que el encantamiento desaparecerá pronto y, con la bendición de Dios, empezarás a parecer más viejo, como corresponde. No debes abandonarme.

Le devolví de todo corazón su generoso abrazo.

—No lo haré, Bertha mía; pero por tu bien no debería pensar así. Seré tu fiel y dedicado esposo mientras estés conmigo, y cumpliré con mi deber contigo hasta el final.

Al día siguiente nos preparamos en secreto para nuestra emigración. Nos vimos obligados a hacer grandes sacrificios pecuniarios, era inevitable. De todos modos, conseguimos al fin reunir una suma suficiente como para al menos mantenernos mientras Bertha viviera. Sin decirle adiós a nadie, abandonamos nuestra región natal para buscar refugio en un remoto lugar del oeste de Francia.

Resultó cruel arrancar a la pobre Bertha de su pueblo natal, de todos los amigos de su juventud, para llevarla a un nuevo país, un nuevo lenguaje, unas nuevas costumbres. El extraño secreto de mi destino hizo que yo ni siquiera me diera cuenta de ese cambio; pero la compadecí profundamente, y me alegró darme cuenta de que ella hallaba alguna compensación a su infortunio en una serie de pequeñas y ridículas circunstancias. Lejos de toda murmuración, buscó disminuir la aparente disparidad de nuestras edades por medio de un millar de artes femeninas: rojo de labios, trajes juveniles y la adopción de una serie de actitudes desacordes con su edad. No podía irritarme por eso. ¿No llevaba yo mismo una máscara? ¿Para qué pelearme con ella, sólo porque tenía menos éxito que yo? Me apené profundamente cuando recordé que esa remilgada y celosa vieja de sonrisa tonta era mi Bertha, aquella muchachita de pelo y ojos oscuros, con una sonrisa de encantadora picardía y un andar de corzo, a la que tan tiernamente había amado y a la que había conseguido con tal arrebato. Hubiera debido reverenciar sus grises cabellos y sus arrugadas mejillas. Hubiera debido hacerlo; pero no lo hice y ahora deploro esa debilidad humana.

Sus celos estaban siempre presentes. Su principal ocupación era intentar descubrir que, pese a las apariencias externas, yo también estaba envejeciendo. Creo verdaderamente que aquella pobre alma me amaba de corazón, pero nunca hubo mujer tan atormentada sobre cómo desplegar en mí toda su atención. Hubiera querido discernir arrugas en mi rostro y decrepitud en mi andar, mientras que yo desplegaba un vigor cada vez mayor, con una juventud por debajo de los veinte años. Nunca me atreví a dirigirme a otra mujer. En una ocasión, creyendo que la belleza del pueblo me miraba con buenos ojos, me compró una peluca gris. Su constante conversación entre sus amistades era que yo, aunque parecía tan joven, estaba hecho una ruina; y afirmaba que el peor síntoma era mi aparente salud. Mi juventud era una enfermedad, decía, y yo debía estar preparado en cualquier momento, si no para una repentina y horrible muerte, sí al menos para despertarme cualquier mañana con la cabeza completamente blanca y encorvado, con todas las señales de la senectud. Yo la dejaba hablar... y a menudo incluso me unía a ella en sus conjeturas. Sus advertencias hacían coro con mis interminables especulaciones relativas a mi estado, y me tomaba un enorme y doloroso interés en escuchar todo aquello que su rápido ingenio y excitada imaginación podían decir al respecto.

¿Para qué extenderse en todos estos pequeños detalles? Vivimos así durante largos años. Bertha se quedó postrada en cama y paralítica; la cuidé como una madre cuidaría a un hijo. Se volvió cada vez más irritable, y aún seguía insistiendo en lo mismo, en cuánto tiempo la sobreviviría. Seguí cumpliendo escrupulosamente, pese a todo, con mis deberes hacia ella, lo cual fue una fuente de consuelo para mí. Había sido mía en su juventud, era mía en su vejez; y al final, cuando arrojé la primera paletada de tierra sobre su cadáver, me eché a llorar, sintiendo que había perdido todo lo que realmente me ataba a la humanidad.

Desde entonces, ¡cuántas han sido mis preocupaciones y pesares, cuan pocas y vacías mis alegrías! Detengo aquí mi historia, no la proseguiré más. Un marinero sin timón ni compás, lanzado a un mar tormentoso, un viajero perdido en un páramo interminable, sin indicador ni mojón que lo guíe a ninguna parte..., eso he sido yo; más perdido, más desesperanzado que nadie. Una nave acercándose, un destello de un faro lejano, podrían salvarme; pero no tengo más guía que la esperanza de la muerte.

¡La muerte! ¡Misteriosa, hosca amiga de la frágil humanidad! ¿Por qué, único entre todos los mortales, me has arrojado a mí fuera de tu acogedor manto? ¡Oh, la paz de la tumba! ¡El profundo silencio del sepulcro revestido de hierro! ¡Los pensamientos dejarían por fin de martillear en mi cerebro, y mi corazón ya no latiría más con emociones que sólo saben adoptar nuevas formas de tristeza!

¿Soy inmortal? Vuelvo a mi primera pregunta. En primer lugar, ¿no es más probable que el brebaje del alquimista estuviera cargado con longevidad más que con vida eterna? Tal es mi esperanza. Además, debo recordar que sólo bebí la mitad de la poción preparada para él. ¿Acaso no era necesaria la totalidad para completar el encantamiento? Haber bebido la mitad del elixir de la inmortalidad es convertirse en semiinmortal... mi eternidad está pues truncada.

Pero, de nuevo, ¿cuál es el número de años de media eternidad? A menudo intento imaginar si lo que rige el infinito puede ser dividido. A veces creo descubrir la vejez avanzar sobre mí. He descubierto una cana. ¡Estúpido! ¿Debo lamentarme? Sí, el miedo a la vejez y a la muerte repta a menudo fríamente hasta mi corazón, y cuanto más vivo más temo a la muerte, aunque aborrezca la vida. Ése es el enigma del hombre, nacido para perecer cuando lucha, como hago yo, contra las leyes establecidas de su naturaleza.

Pero seguramente moriré a causa de esta anomalía de los sentimientos; la medicina del alquimista no debe de proteger contra el fuego, la espada y las asfixiantes aguas. He contemplado las azules profundidades de muchos lagos apacibles, el tumultuoso discurrir de numerosos ríos caudalosos, y me he dicho: la paz habita en estas aguas. Sin embargo, he guiado mis pasos lejos de ellos, para vivir otro día más. Me he preguntado a mí mismo si el suicidio es un crimen en alguien para quien constituye la única posibilidad de abrir la puerta al otro mundo. Lo he hecho todo, excepto presentarme como soldado voluntario o duelista, pues no deseo destruir a mis semejantes. Pero no, ellos no son mis semejantes. El inextinguible poder de la vida en mi cuerpo y su efímera existencia nos alejan tanto como lo están los dos polos de la Tierra. No podría alzar una mano contra el más débil ni el más poderoso de entre ellos.

Así he seguido viviendo año tras año... Solo y cansado de mí mismo. Deseoso de morir, pero no muriendo nunca. Un mortal inmortal. Ni la ambición ni la avaricia pueden entrar en mi mente, y el ardiente amor que roe mi corazón jamás me será devuelto; nunca encontraré a un igual con quien compartirlo. La vida sólo está aquí para atormentarme.

Hoy he concebido una forma por la que quizá todo pueda terminar sin matarme a mí mismo, sin convertir a otro hombre en un Caín... Una expedición en la que ningún ser mortal pueda nunca sobrevivir, aun revestido con la juventud y la fortaleza que anidan en mí. Así podré poner mi inmortalidad a prueba y descansar para siempre... o regresar, como la maravilla y el benefactor de la especie humana.

Antes de marchar, una miserable vanidad ha hecho que escriba estas páginas. No quiero morir sin dejar ningún nombre detrás. Han pasado tres siglos desde que bebí el brebaje fatal; no transcurrirá otro año antes de que, enfrentándome a gigantescos peligros, luchando con los poderes del hielo en su propio campo, acosado por el hambre, la fatiga y las tormentas, rinda este cuerpo, una prisión demasiado tenaz para un alma que suspira por la libertad, a los elementos destructivos del aire y el agua. O, si sobrevivo, mi nombre será recordado como uno de los más famosos entre los hijos de los hombres. Y una vez terminada mi tarea, deberé adoptar medios más drásticos. Esparciendo y aniquilando los átomos que componen mi ser, dejaré en libertad la vida que hay aprisionada en él, tan cruelmente impedida de remontarse por encima de esta sombría tierra, a una esfera más compatible con su esencia inmortal.

El compañero de viaje

Hans Christian Andersen
(Odense, 1805—Copenhague, 1875)

Hijo de una familia muy pobre, varias influencias en su vida temprana lo inclinaron hacia la literatura y la búsqueda del ascenso social; se sabe de su afecto por una edición de *Las mil y una noches* que el padre atesoraba, de su conocimiento de las consejas y leyendas populares de Odense, y también de su amor temprano por el teatro. Emigrado a Copenhague en la adolescencia, se las arregló para abrirse paso en la burguesía local y obtener becas para subsistir y proseguir sus estudios (la soledad del descastado es un tema central de su obra, como puede verse en textos tan famosos como *La sirenita* o *El patito feo*). En 1829 publicó sus primeros libros, pero el éxito —que no lo dejaría más— llegó un poco más tarde, en 1835, con la publicación de dos folletos con sus primeros cuentos para niños. Aunque Andersen escribió numerosas novelas, poemas, obras de teatro y crónicas de viaje, y siempre procuró ser conocido como un escritor versátil, esos cuentos —y los muchos otros que publicó en los años subsecuentes— son su obra más perdurable, han sido traducidos a numerosos idiomas y son, junto con la obra de Søren Kierkegaard, los más famosos textos de la lengua danesa en el resto del mundo.

El premio Andersen, creado en su honor, reconoce cada año a los mejores escritores de textos para niños.

Las historias ya mencionadas (junto con otras como *El soldadito de plomo*) son habituales en las antologías; sin embargo, esos textos célebres son sólo un puñado entre los 212 que escribió Andersen, y entre los cuales también están cuentos como "El compañero de viaje" ("Reisekammeraten"), publicado en 1835 en su segunda colección de cuentos.

El pobre Juan estaba muy triste, pues su padre se hallaba enfermo e iba a morir. No había nadie más que ellos dos en la reducida habitación; la lámpara de la mesa estaba próxima a extinguirse, y llegaba la noche.

—Has sido un buen hijo, Juan —dijo el doliente padre—, y Dios te ayudará por los caminos del mundo.

Le dirigió una mirada tierna y grave, respiró profundamente y expiró; se habría dicho que dormía. Juan se echó a llorar; ya nadie le quedaba en la Tierra, ni padre ni madre, hermano ni hermana. ¡Pobre Juan! Arrodillado junto al lecho, besaba la fría mano de su padre muerto y derramaba amargas lágrimas, hasta que al fin se le cerraron los ojos y se quedó dormido con la cabeza apoyada en el duro barrote de la cama.

Tuvo un sueño muy raro; vio cómo el Sol y la Luna se inclinaban ante él, y vio a su padre rebosante de salud y riéndose, con aquella risa suya cuando se sentía contento. Una hermosa muchacha, con una corona de oro en el largo y reluciente cabello, tendió la mano a Juan, mientras su padre le decía: "¡Mira qué novia tan bonita tienes! Es la más bella del mundo entero". Entonces se despertó: el alegre cuadro se había desvanecido; su padre yacía en el lecho, muerto y frío, y no había nadie en la estancia. ¡Pobre Juan!

A la semana siguiente dieron sepultura al difunto; Juan acompañó el féretro, sin poder ver ya a aquel padre que tanto lo había querido; oyó cómo echaban tierra sobre el ataúd para colmar la fosa, y contempló cómo desaparecía poco a poco, mientras sentía la pena desgarrarle el corazón. Al borde de la tumba cantaron un último salmo, que sonó armoniosamente; las lágrimas se asomaron a los ojos del muchacho; rompió a llorar, y el llanto fue un sedante para su dolor. Brilló el sol, espléndido, por encima de los verdes árboles; parecía decirle: "No estés triste, Juan; ¡mira qué hermoso y azul es el cielo! ¡Allá arriba está tu padre pidiendo a Dios por tu bien!".

—Seré siempre bueno —dijo Juan—. De ese modo, un día volveré a reunirme con mi padre. ¡Qué alegría cuando nos veamos de nuevo! Cuántas cosas podré contarle y cuántas me mostrará él, y me enseñará la magnificencia del cielo, como lo hacía en la Tierra. ¡Oh, qué felices seremos!

Y se lo imaginaba tan vívidamente, que se asomó una sonrisa en sus labios. Los pajarillos, posados en los castaños, dejaban oír sus gorjeos. Estaban alegres, a pesar de asistir a un entierro, pues bien sabían que el difunto estaba ya en el cielo, tenía alas mucho mayores y más hermosas que las suyas, y era dichoso, porque acá en la Tierra había practicado la virtud; por eso estaban alegres. Juan los vio emprender el vuelo desde las altas ramas verdes y sintió el deseo de lanzarse al espacio con ellos. Pero antes hizo una gran cruz de madera para hincarla sobre la tumba de su padre, y al llegar la noche, la sepultura aparecía adornada con arena y flores. Habían cuidado de ello personas forasteras, pues en toda la comarca se tenía en gran estima a aquel buen hombre que acababa de morir.

De madrugada hizo Juan su modesto equipaje y se ató al cinturón su pequeña herencia: cincuenta florines y unos peniques en total; con ella se disponía a recorrer el mundo. Sin embargo, antes volvió al cementerio y, después de rezar un padrenuestro sobre la tumba, dijo: "¡Adiós, padre querido! Seré siempre bueno, y tú le pedirás a Dios que las cosas me vayan bien".

Al entrar en la campiña, el muchacho observó que todas

las flores se abrían frescas y hermosas bajo los rayos tibios del sol, y que se mecían al impulso de la brisa, como diciendo: "¡Bienvenido a nuestros dominios! ¿Verdad que son bellos?". Pero Juan se volvió una vez más a contemplar la vieja iglesia donde recibiera de pequeño el santo bautismo, y a la que había asistido todos los domingos con su padre a los oficios divinos, cantando hermosas canciones; en lo alto del campanario vio, en una abertura, al duende del templo, de pie, con su pequeña gorra roja, y resguardándose el rostro con el brazo de los rayos del sol que le daban en los ojos. Juan le dijo adiós con una inclinación de cabeza; el duendecillo agitó la gorra colorada y, poniéndose una mano sobre el corazón, con la otra le envió muchos besos, para darle a entender que le deseaba un viaje muy feliz y mucho bien.

Pensó entonces Juan en las bellezas que vería en el amplio mundo y siguió su camino, mucho más allá de donde llegara jamás. No conocía los lugares por los que pasaba, ni las personas con quienes se encontraba; todo era nuevo para él.

La primera noche hubo de dormir sobre un montón de heno, en pleno campo; otro lecho no había. Pero era muy cómodo, pensó; el propio rey no estaría mejor. Toda la campiña, con el río, la pila de hierba y el cielo encima, formaban un hermoso dormitorio. La verde hierba, salpicada de florecillas blancas y coloradas, hacía de alfombra, las lilas y rosales silvestres eran otros tantos ramilletes naturales, y para lavabo tenía todo el río, de agua límpida y fresca, con los juncos y cañas que se inclinaban como para darle las buenas noches y los buenos días. La luna era una lámpara soberbia, colgada allá arriba en el techo infinito; una lámpara con cuyo fuego no había miedo de que se encendieran las cortinas. Juan podía dormir tranquilo, y así lo hizo, no despertándose sino hasta que salió el sol, y todas las avecillas de los contornos rompieron a cantar: "¡Buenos días, buenos días! ¿No te has levantado aún?".

Tocaban las campanas, llamando a la iglesia, pues era domingo. La gente iba a escuchar al predicador, y Juan fue con ella; la acompañó en el canto de los sagrados himnos, y oyó la voz del Señor; le parecía estar en la iglesia donde había sido bautizado y donde había cantado los salmos al lado de su padre.

En el cementerio contiguo al templo había muchas tumbas, algunas de ellas cubiertas de alta hierba. Entonces pensó Juan en la de su padre, y se dijo que con el tiempo presentaría también aquel aspecto, ya que él no estaría allí para limpiarla y adornarla. Se sentó, pues, en el suelo y se puso a arrancar la hierba y enderezar las cruces caídas, volviendo a sus lugares las coronas arrastradas por el viento, mientras pensaba: "Tal vez alguien haga lo mismo en la tumba de mi padre, ya que no puedo hacerlo yo".

Ante la puerta de la iglesia había un mendigo anciano que se sostenía en sus muletas; Juan le dio los peniques que guardaba en su bolso, y luego prosiguió su viaje por el ancho mundo, contento y feliz.

Al caer la tarde, el tiempo se puso horrible, y nuestro mozo se dio prisa en buscar un cobijo, pero no tardó en cerrar la noche oscura. Finalmente, llegó a una pequeña iglesia, que se levantaba en lo alto de una colina. Por suerte, la puerta estaba sólo entornada y pudo entrar. Su intención era permanecer allí hasta que la tempestad hubiera pasado.

—Me sentaré en un rincón —dijo—, estoy muy cansado y necesito reposo.

Se sentó, pues, juntó las manos para rezar su oración vespertina y antes de que pudiera darse cuenta, se quedó profundamente dormido y transportado al mundo de los sueños, mientras en el exterior fulguraban los relámpagos y retumbaban los truenos.

Se despertó a medianoche. La tormenta había cesado, y la luna brillaba en el firmamento, enviando sus rayos de plata a través de las ventanas. En el centro del templo había un féretro abierto, con un difunto, esperando la hora de recibir sepultura. Juan no era temeroso ni mucho menos; nada le reprochaba su conciencia, y sabía perfectamente que los muertos no hacen mal a nadie; los vivos son los perversos, los que practican el mal. Mas he aquí que dos individuos de esta clase estaban junto al difunto depositado en el templo antes de ser confiado a la tierra. Se proponían cometer con él una fechoría: arrancarlo del ataúd y arrojarlo fuera de la iglesia.

—¿Por qué quieren hacer esto? —preguntó Juan—. Es una mala acción. Dejen que descanse en paz, en nombre de Jesús.

—¡Tonterías! —replicaron los malvados—. ¡Nos engañó! Nos debía dinero y no pudo pagarlo; y ahora que ha muerto no cobraremos un céntimo. Por eso queremos vengarnos. Vamos a arrojarlo como un perro ante la puerta de la iglesia.

—Sólo tengo cincuenta florines —dijo Juan—; es toda mi fortuna, pero se los daré de buena gana si me prometen dejar en paz al pobre difunto. Yo me las arreglaré sin dinero. Estoy sano y fuerte, y no me faltará la ayuda de Dios.

—Bien —replicaron los dos impíos—. Si te avienes a pagar su deuda no le haremos nada, te lo prometemos.

Embolsaron el dinero que les dio Juan, y, riéndose a carcajadas de aquel magnánimo infeliz, siguieron su camino.

Juan colocó nuevamente el cadáver en el féretro, con las manos cruzadas sobre el pecho e, inclinándose ante él, se alejó contento a través del bosque.

En derredor, dondequiera que llegaban los rayos de luna filtrándose por entre el follaje, veía jugar alegremente a los duendecillos, que no huían de él, pues sabían que era un muchacho bueno e inocente; son sólo los malos de quienes los duendes no se dejan ver. Algunos no eran más grandes que el ancho de un dedo, y llevaban sujeto el largo y rubio cabello con peinetas de oro. De dos en dos se balanceaban en equilibrio sobre las abultadas gotas de rocío depositadas sobre las hojas y los tallos de hierba; a veces, una de las gotitas caía al suelo por entre las largas hierbas, y el incidente provocaba grandes risas y alboroto entre los minúsculos personajes. ¡Qué delicia! Se pusieron a cantar, y Juan reconoció enseguida las bellas melodías que aprendiera de niño. Grandes arañas multicolores, con argénteas coronas en la cabeza, hilaban, de seto a seto, largos puentes colgantes y palacios que, al recoger el tenue rocío, brillaban como nítido cristal a los claros rayos de la luna. El espectáculo duró hasta la salida del sol. Entonces, los duendecillos se deslizaron en los capullos de las flores, y el viento se hizo cargo de sus puentes y palacios, que volaron por los aires convertidos en telarañas.

Para entonces, Juan había salido ya del bosque cuando a su espalda resonó una recia voz de hombre:

—¡Hola, compañero!, ¿adónde vamos?

—Por estos mundos de Dios —respondió Juan—. No tengo padre ni madre y soy pobre, pero Dios me ayudará.

—También yo voy a recorrer el mundo —dijo el forastero—. ¿Quieres que lo hagamos en compañía?

—¡Bueno! —asintió Juan, y siguieron juntos. No tardaron en simpatizar, pues los dos eran buenas personas. Juan observó muy pronto, empero, que el desconocido era mucho más inteligente que él. Había recorrido casi todo el mundo y sabía de todas las cosas imaginables.

El sol estaba ya muy alto sobre el horizonte cuando se sentaron al pie de un árbol para desayunar; en aquel mismo momento se les acercó una anciana que andaba muy encorvada, sosteniéndose en una muletilla y llevando en la espalda un haz de leña que había recogido en el bosque. Llevaba el delantal recogido y atado por delante, y Juan observó que por él asomaban tres largas varas de sauce envueltas en hojas de helecho. Llegada adonde ellos estaban, resbaló y cayó, empezando a quejarse lamentablemente; la pobre se había roto una pierna.

Juan propuso enseguida trasladar a la anciana a su casa; pero el forastero, abriendo su mochila, dijo que tenía un ungüento con el cual, en un santiamén, curaría la pierna rota, de tal modo que la mujer podría regresar a su casa por su propio pie, como si nada le hubiese ocurrido. Sólo pedía, en pago, que le regalase las tres varas que llevaba en el delantal.

—¡Mucho pides! —objetó la vieja, acompañando las palabras con un raro gesto de la cabeza. No le hacía gracia ceder las tres varas, pero tampoco resultaba muy agradable seguir en el suelo con la pierna fracturada. Le dio, pues, las varas, y apenas el ungüento hubo tocado la fractura se incorporó la abuela y echó a andar mucho más ligera que antes. Y todo por virtud de la pomada; pero hay que advertir que no era una pomada de las que venden en la botica.

—¿Para qué quieres las varas? —preguntó Juan a su compañero.

—Son tres bonitas escobas —contestó el otro—. Me gustan, qué quieres que te diga; yo soy así de extraño.

Y prosiguieron un buen trecho.

—¡Se está preparando una tormenta! —exclamó Juan, señalando hacia delante—. ¡Qué nubarrones más cargados!

—No —respondió el compañero—. No son nubes, sino montañas, montañas altas y magníficas, cuyas cumbres rebasan las nubes y están rodeadas de una atmósfera serena. Es maravilloso, créeme. Mañana ya estaremos allí.

Pero no estaban tan cerca como parecía. Un día entero tuvieron que caminar para llegar a su pie. Los oscuros bosques trepaban hasta las nubes, y habían rocas enormes, tan grandes como una ciudad. Debía de ser muy cansado subir allá arriba, y, así, Juan y su compañero entraron en la posada; tenían que descansar y reponer fuerzas para la jornada que les aguardaba.

En la sala de la hostería se había reunido mucho público, pues estaba actuando un titiritero. Acababa de montar su pequeño escenario, y la gente se hallaba sentada en derredor, dispuesta a presenciar el espectáculo. En primera fila estaba sentado un gordo carnicero, el más importante del pueblo, con su gran perro mastín echado a su lado; el animal tenía aspecto feroz y los grandes ojos abiertos, como el resto de los espectadores.

Empezó una linda comedia en la que intervenían un rey y una reina, sentados en un trono magnífico, con sendas coronas de oro en la cabeza y vestidos con ropajes de larga cola, como corresponde a tan ilustres personajes. Lindísimos muñecos de madera, con ojos de cristal y grandes bigotes, aparecían en las puertas, abriéndolas y cerrándolas, para permitir la entrada de aire fresco. Era una comedia muy bonita y nada triste; pero he aquí que al levantarse la reina y avanzar por la escena, sabe Dios lo que creería el mastín, pero lo cierto es que se soltó de su amo el carnicero, se plantó de un salto en el teatro y, cogiendo a la reina por el tronco, ¡crac!, la despedazó en un momento. ¡Espantoso!

El pobre titiritero quedó asustado y muy contrariado por su reina, pues era la más bonita de sus figuras; el perro la había decapitado. Pero cuando, más tarde, el público se retiró, el compañero de Juan dijo que repararía el mal, y, sacando su frasco, untó la muñeca con el ungüento que tan maravillosamente había curado la pierna de la vieja. Y, en efecto, no bien estuvo la muñeca untada, quedó de nuevo entera, e incluso podía mover todos los miembros sin necesidad de tirar del cordón; se habría dicho que era una persona viviente, sólo que no hablaba. El hombre de los títeres se puso muy contento; ya no necesitaba sostener aquella muñeca, que hasta sabía bailar por sí sola: ninguna otra figura podía hacer tanto.

Por la noche, cuando todos los huéspedes estuvieron acostados, se oyeron unos suspiros profundísimos y tan prolongados, que todo el mundo se levantó para ver quién los exhalaba. El titiritero se dirigió a su teatro, pues de él salían las quejas. Los muñecos, el rey y toda la comparsería estaban revueltos, y eran ellos los que así suspiraban, mirando fijamente con sus ojos de vidrio, pues querían que también se les untase un poquitín con la maravillosa pomada, como a la reina, para poder moverse por su cuenta. La reina se hincó de rodillas y, levantando su magnífica corona, imploró:

—¡Quédatela, pero unta a mi esposo y a los cortesanos!

Al pobre propietario del teatro se le saltaron las lágrimas, pues la escena era en verdad conmovedora. Fue en busca del compañero de Juan y le prometió toda la recaudación de la velada siguiente si se avenía a untarle aunque sólo fuesen cuatro o cinco muñecos; pero el otro le dijo que por toda recompensa sólo quería el gran sable que llevaba al cinto; cuando lo tuvo, aplicó el ungüento a seis figuras, las cuales empezaron a bailar enseguida, con tanta gracia, que las muchachas reales que lo vieron las acompañaron en la danza. Y bailaron el cochero y la cocinera, el criado y la criada, y todos los huéspedes, hasta la misma badila y las tenazas, si bien éstas se fueron al suelo a los primeros pasos. Fue una noche muy alegre, desde luego.

A la mañana siguiente, Juan y su compañero de viaje se despidieron de la compañía y echaron cuesta arriba por entre los espesos bosques de abetos. Llegaron a tanta altura, que las torres de las iglesias se veían al fondo como diminutas bayas rojas destacando en medio del verdor, y su mirada pudo extenderse a muchas, muchas millas, hasta tierras que jamás habían visitado. Tanta belleza y magnificencia nunca la había visto Juan; el sol parecía más cálido en aquel aire puro; el mozo oía los cuernos de los cazadores resonando entre las montañas, tan claramente, que las lágrimas se asomaron a sus ojos y no pudo por menos que exclamar: "¡Dios santo y misericordioso, quisiera besarte por tu bondad con nosotros y por toda esa belleza que, para nosotros también, has puesto en el mundo"!

El compañero de viaje permanecía a su vez con las manos juntas contemplando, por encima del bosque y las ciudades, la lejanía inundada por el sol. Al mismo tiempo, oyeron encima de sus cabezas un canto prodigioso, y al mirar a las alturas descubrieron flotando en el espacio un cisne blanco que cantaba como jamás oyeran hacer a otra ave. Pero aquellos sones fueron debilitándose progresivamente, y el hermoso cisne, inclinando la cabeza, descendió con lentitud y fue a caer muerto a sus pies.

—¡Qué alas tan espléndidas! —exclamó el compañero—. Mucho dinero valdrán, tan blancas y grandes; ¡voy a llevármelas! ¿Ves ahora cómo estuve acertado al hacerme con el sable?

Cortó las dos alas del cisne muerto y se las guardó.

Caminaron millas y millas a través de los montes, hasta que por fin vieron ante ellos una gran ciudad, con cien torres que brillaban al sol cual si fuesen de plata. En el centro de la población se alzaba un regio palacio de mármol recubierto de oro; era la mansión del rey.

Juan y su compañero no quisieron entrar enseguida en la ciudad, sino que se quedaron fuera, en una posada, para asearse, pues querían tener buen aspecto al andar por las calles. El posadero les contó que el rey era una excelente persona, incapaz de causar mal a nadie; pero, en cambio, su hija, ¡ay, Dios nos guarde!, era una princesa perversa. Belleza no le faltaba, y en punto a hermosura ninguna podía compararse con ella; pero, ¿de qué le servía? Era una bruja, culpable de la muerte de numerosos y apuestos príncipes. Permitía que todos los hombres la pretendieran; todos podían presentarse, ya fuesen príncipes o mendigos, lo mismo daba; pero tenían que adivinar tres cosas que ella había pensado. Se casaría con el que acertase, el cual sería rey del país el día en que su padre falleciese; pero el que no daba con las tres respuestas, era ahorcado o decapitado. El anciano rey, su padre, estaba en extremo afligido por la conducta de su hija, mas no podía impedir sus maldades, ya que en cierta ocasión prometió no intervenir jamás en los asuntos de sus pretendientes y dejarla obrar a su antojo. Cada vez que se presentaba un príncipe para someterse a la prueba, era colgado o le cortaban la cabeza; pero siempre se le había prevenido y sabía bien a lo que se exponía. El viejo rey estaba tan amargado por tanta tristeza y miseria, que todos los años permanecía un día entero de rodillas, junto con sus soldados, rogando por la conversión de la princesa; pero nada conseguía. Las viejas que bebían aguardiente, en señal de duelo lo teñían de negro antes de llevárselo a la boca; más no podían hacer.

—¡Qué horrible princesa! —exclamó Juan—. Una buena azotaina, he aquí lo que necesita. Si yo fuese el Rey, pronto cambiaría.

De pronto se oyó un gran griterío en la carretera. Pasaba la princesa. Era realmente tan hermosa, que todo el mundo se olvidaba de su maldad y se ponía a vitorearla. La escoltaban doce preciosas doncellas, todas vestidas de blanca seda y cabalgando en caballos negros como azabache, mientras la princesa montaba un corcel blanco como la nieve, adornado con diamantes y rubíes; su traje de amazona era de oro puro, el látigo que sostenía en la mano relucía como un rayo de sol, mientras la corona que ceñía su cabeza centelleaba como las estrellitas del cielo y el manto que la cubría estaba hecho de miles de bellísimas alas de mariposas. Y, sin embargo, ella era mucho más hermosa que todos los vestidos.

Al verla, Juan se puso todo colorado, por la sangre que afluyó a su rostro, y apenas pudo articular una palabra; la princesa era exactamente igual a aquella bella muchacha con corona de oro que había visto en sueños la noche de la muerte de su padre. La encontró indeciblemente hermosa y en el acto quedó enamorado de ella. Era imposible, pensó, que fuese una bruja, capaz de mandar ahorcar o decapitar a los que no adivinaban sus acertijos. "Todos están facultados para solicitarla, incluso el más pobre de los mendigos; iré, pues, al palacio; no tengo más remedio".

Todos insistieron en que no lo hiciese, pues sin duda correría la suerte de los otros; también su compañero de ruta trató de disuadirlo, pero Juan, seguro de que todo se resolvería bien, se cepilló los zapatos y la chaqueta, se lavó la cara y las manos, se peinó el bonito cabello rubio y se encaminó a la ciudad y al palacio.

—¡Adelante! —gritó el anciano rey al llamar Juan a la puerta. La abrió el mozo, y el soberano salió a recibirlo, en bata de noche y zapatillas bordadas. Llevaba en la cabeza la corona de oro, en una mano, el cetro, y en la otra, el globo imperial.

—¡Un momento! —dijo, poniéndose el globo debajo del brazo para poder alargar la mano a Juan. Pero no bien supo que se trataba de un pretendiente, prorrumpió a llorar con tal violencia, que cetro y globo le cayeron al suelo y hubo de secarse los ojos con la bata de dormir. ¡Pobre viejo Rey!

—No lo intentes —le dijo—, acabarás malamente, como los demás. Ven y verás lo que te espera —y condujo a Juan al jardín de recreo de la princesa.

¡Horrible espectáculo! De cada árbol colgaban tres o cuatro príncipes que, habiendo solicitado a la hija del rey, no habían acertado a contestar sus preguntas. A cada ráfaga de viento matraqueaban los esqueletos, por lo que los pájaros, asustados, nunca acudían al jardín; las flores estaban atadas a huesos humanos, y en las macetas, los cráneos exhibían su risa macabra. ¡Qué extraño jardín para una princesa!

—¡Ya lo ves! —dijo el rey—. Te espera la misma suerte que a todos ésos. Mejor es que renuncies. Me harías sufrir mucho, pues no puedo soportar estos horrores.

Juan besó la mano del bondadoso monarca, y le dijo que sin duda las cosas marcharían bien, pues estaba apasionadamente prendado de la princesa.

En esto llegó ella a palacio, junto con sus damas. El rey y Juan fueron a su encuentro, para darle los buenos días. Era maravilloso mirarla; tendió la mano al mozo, y éste quedó mucho más persuadido aún de que no podía tratarse de una perversa hechicera, como sostenía la gente. Pasaron luego a la sala del piso superior, y los criados sirvieron confituras y pastas secas, pero el rey estaba tan afligido que no pudo probar nada, además de que las pastas eran demasiado duras para sus dientes.

Se convino en que Juan volvería a palacio a la mañana siguiente. Los jueces y todo el consejo estarían reunidos para presenciar la marcha del proceso. Si la cosa iba bien, Juan tendría que comparecer dos veces más; pero hasta entonces nadie había acertado la primera pregunta, y todos habían perdido la vida.

A Juan no le preocupó ni por un momento la idea de cómo marcharían las cosas; antes bien, estaba alegre, pensando tan sólo en la bella princesa, seguro de que Dios le ayudaría; de qué manera, lo ignoraba, y prefería no pensar en ello. Iba bailando por la carretera, de regreso a la posada, donde lo esperaba su compañero.

El muchacho no encontró palabras para encomiar la amabilidad con que lo recibiera la princesa y describir su hermosura. Anhelaba estar ya al día siguiente en el palacio, para probar su suerte con el acertijo.

Pero su compañero meneó la cabeza, profundamente afligido.

—Te quiero bien —dijo—; confiaba en que podríamos seguir juntos mucho tiempo, y he aquí que voy a perderte. ¡Mi pobre, mi querido Juan!, me dan ganas de llorar, pero no quiero turbar tu alegría en esta última velada que pasamos juntos. Estaremos alegres, muy alegres; mañana, cuando te hayas marchado, podré llorar cuanto quiera.

Todos los habitantes de la ciudad se habían enterado de la llegada de un nuevo pretendiente a la mano de la princesa, y una gran congoja reinaba por doquier. Se cerró el teatro, las pasteleras cubrieron sus mazapanes con crespón, el rey y los sacerdotes rezaron arrodillados en los templos; la tristeza era general, pues nadie creía que Juan fuera más afortunado que sus predecesores.

Al atardecer, el compañero de Juan preparó un ponche, y dijo a su amigo:

—Vamos a alegrarnos y a brindar por la salud de la princesa.

Pero al segundo vaso le entró a Juan una pesadez tan grande, que tuvo que hacer un enorme esfuerzo para mantener abiertos los ojos, hasta que quedó sumido en profundo sueño. Su compañero lo levantó con cuidado de la silla y lo llevó a la cama; luego, cerrada ya la noche, cogió las grandes alas que había cortado al cisne y se las sujetó a la espalda. Se metió en el bolsillo la más grande de las varas recibidas de la vieja de la pierna rota, abrió la ventana y, echando a volar por encima de la ciudad, se dirigió al palacio; allí se posó en un rincón, bajo la ventana del aposento de la princesa.

En la ciudad reinaba el más profundo silencio. Dieron las doce menos cuarto en el reloj, se abrió la ventana y la princesa salió volando, envuelta en un largo manto blanco y con alas negras, alejándose en dirección a una alta montaña. El compañero de Juan se hizo invisible, para que la doncella no pudiese notar su presencia, y se lanzó en su persecución; cuando la alcanzó, se puso a azotarla con su vara, con tanta fuerza que la sangre fluía de su piel. ¡Qué viajecito! El viento extendía el manto en todas direcciones, a modo de una gran vela de barco a través de la cual brillaba la luz de la luna.

—¡Qué manera de granizar! —exclamaba la princesa a cada azote, y bien empleado le estaba. Finalmente, llegó a la montaña y llamó. Se oyó un estruendo semejante a un trueno; se abrió la montaña, y la hija del rey entró, seguida del amigo de Juan que, siendo invisible, no fue visto por nadie. Siguieron por un corredor muy grande y muy largo, cuyas paredes brillaban de manera extraña, gracias a más de mil arañas fosforescentes que subían y bajaban por ellas, refulgiendo como fuego. Llegaron luego a una espaciosa sala, toda ella construida de plata y oro. Flores del tamaño de girasoles, rojas y azules, adornaban las paredes; pero nadie podía cogerlas, pues sus tallos eran horribles serpientes venenosas, y las corolas, fuego puro que les salía de las fauces. Todo el techo se hallaba cubierto de luminosas luciérnagas y murciélagos de color azul celeste, que agitaban las delgadas alas. ¡Qué espanto! En el centro del piso había un trono soportado por cuatro esqueletos de caballo, con guarniciones hechas de rojas arañas de fuego; el trono propiamente dicho era de cristal blanco como la leche, y los almohadones eran negros ratoncillos que se mordían la cola unos a otros. Encima había un dosel hecho de telarañas color de rosa, con incrustaciones de diminutas moscas verdes que refulgían cual piedras preciosas. Ocupaba el trono un viejo hechicero, con una corona en la fea cabeza y un cetro en la mano. Besó a la princesa en la frente y, habiéndola invitado a sentarse a su lado en el magnífico trono, mandó que empezase la música. Grandes saltamontes negros tocaban la armónica, mientras la lechuza se golpeaba el vientre, a falta de tambor. Jamás se ha visto tal concierto. Pequeños trasgos negros con fuegos fatuos en la gorra danzaban por la sala. Sin embargo, nadie se dio cuenta del compañero de Juan, quien colocado detrás del trono, pudo verlo y oírlo todo.

Los cortesanos que entraron a continuación ofrecían, a primera vista, un aspecto distinguido, pero observados de cerca, la cosa cambiaba. No eran sino palos de escoba rematados por cabezas de repollo, a las que el brujo había infundido vida y recubierto con vestidos bordados. Pero, ¡qué más daba! Su única misión era de adorno.

Terminado el baile, la princesa le contó al hechicero que se había presentado un nuevo pretendiente, y le preguntó qué debía idear para plantearle el consabido enigma cuando, al día siguiente, apareciese en palacio.

—Te diré —contestó—. Yo elegiría algo que sea tan fácil que ni siquiera se le ocurra pensar en ello. Piensa en tu zapato; no lo adivinará. Entonces lo mandarás decapitar, y cuando vuelvas mañana por la noche, no te olvides de traerme sus ojos, pues me los quiero comer.

La princesa se inclinó profundamente y prometió no olvidarse de los ojos. El brujo abrió la montaña, y ella emprendió el vuelo de regreso, siempre seguida del compañero de Juan, el cual la azotaba con tal fuerza que ella se quejaba amargamente de lo recio del granizo y se apresuraba cuanto podía para entrar cuanto antes por la ventana de su dormitorio. Entonces el compañero de viaje se dirigió a la habitación donde Juan dormía y, desatándose las alas, se metió en la cama, pues se sentía realmente cansado.

Juan despertó de madrugada. Su compañero se levantó también y le contó que había tenido un extraño sueño acerca de la princesa y de su zapato; y así, le dijo que preguntase a la hija del rey si por casualidad no era en aquella prenda en la que había pensado. Pues esto era lo que había oído de labios del brujo de la montaña.

—Lo mismo puede ser esto que otra cosa —dijo Juan—. Tal vez sea precisamente lo que has soñado, pues confío en Dios misericordioso; Él me ayudará. Sea como fuere, nos despediremos, pues si yerro no nos volveremos a ver.

Se abrazaron, y Juan se encaminó a la ciudad y al palacio. El gran salón estaba atestado de gente; los jueces ocupaban sus sillones con las cabezas apoyadas en almohadones de pluma, pues tendrían que pensar no poco. El Rey se levantó, se secó los ojos con un blanco pañuelo, y en el mismo momento entró la princesa. Estaba mucho más hermosa aún que la víspera, y saludó a todos los presentes con exquisita amabilidad. A Juan le tendió la mano, diciéndole:

—Buenos días.

Acto seguido, Juan hubo de adivinar lo que había pensado la princesa. Ella lo miraba afablemente, pero en cuanto oyó de labios del mozo la palabra *zapato*, su rostro palideció intensamente, y un estremecimiento sacudió todo su cuerpo. Sin embargo, no había remedio: ¡Juan había acertado!

¡Qué contento se puso el viejo rey! Tanto, que dio una voltereta, tan graciosa, que todos los cortesanos estallaron en aplausos en su honor y en el de Juan, por haber acertado la vez primera.

Su compañero tuvo también una gran alegría cuando supo lo ocurrido. En cuanto a Juan, juntando las manos dio gracias a Dios, confiado en que no le faltaría también su ayuda las otras dos veces.

Al día siguiente debía celebrarse la segunda prueba.

La velada transcurrió como la anterior. Cuando Juan se hubo dormido, el compañero siguió a la princesa a la montaña, vapuleándola más fuertemente aún que la víspera, pues se había llevado dos varas; nadie lo vio, y él, en cambio, pudo oírlo todo. La princesa decidió pensar en su guante, y el compañero de viaje se lo dijo a Juan, como si se tratase de un sueño. De este modo nuestro mozo pudo acertar nuevamente, lo cual produjo enorme alegría en palacio. Toda la corte se puso a dar volteretas, como las vieran hacer al rey el día anterior, mientras la princesa, echada en el sofá, permanecía callada. Ya sólo faltaba que Juan adivinase la tercera vez; si lo conseguía, se casaría con la bella muchacha y, a la muerte del anciano rey, heredaría el trono imperial; pero si fallaba, perdería la vida y el brujo se comería sus hermosos ojos azules.

Aquella noche, Juan se acostó pronto; rezó su oración vespertina y durmió tranquilamente, mientras su compañero, aplicándose las alas a la espalda, se colgaba el sable del cinto y, tomando las tres varas, emprendía el vuelo hacia palacio.

La noche era oscura como boca de lobo; arreciaba una tempestad tan desenfrenada, que las tejas volaban de los tejados, y los árboles del jardín de los esqueletos se doblaban como cañas al empuje del viento. Los relámpagos se sucedían sin interrupción y retumbaba el trueno. Se abrió la ventana y salió la princesa volando. Estaba pálida como la muerte, pero se reía del mal tiempo, deseosa de que fuese aún peor; su blanco manto se arremolinaba en el aire cual una amplia vela, mientras el amigo de Juan la azotaba furiosamente con las tres varas, de tal modo que la sangre caía a gotas a la tierra, y ella apenas podía sostener el vuelo. Por fin llegó a la montaña.

—¡Qué tormenta y qué manera de granizar! —exclamó—. Nunca había salido con tiempo semejante.

—Todos los excesos son malos —dijo el brujo. Entonces ella le contó que Juan había acertado por segunda vez; si al día siguiente acertaba también, habría ganado, y ella no podría volver nunca más a la montaña ni repetir aquellas artes mágicas; por eso estaba tan afligida.

—¡No lo adivinará! —exclamó el hechicero—. Pensaré algo que jamás pueda ocurrírsele, a menos que sea un encantador más grande que yo. Pero ahora, ¡a divertirnos!

Y cogiendo a la princesa por ambas manos, bailaron con todos los pequeños trasgos y fuegos fatuos que se hallaban en la sala; las rojas arañas saltaban en las paredes con el mismo regocijo; se habría dicho que era el centelleo de flores de fuego. Las lechuzas tamborileaban, silbaban los grillos, y los negros saltamontes soplaban con todas sus fuerzas en las armónicas. ¡Fue un baile bien animado!

Terminado el jolgorio, la princesa hubo de regresar, pues de lo contrario la echarían de menos en palacio; el hechicero dijo que la acompañaría y harían el camino juntos.

Emprendieron el vuelo en medio de la tormenta, y el compañero de Juan les sacudió de lo lindo con las tres varas; nunca había recibido el brujo en las espaldas una granizada como aquélla. Al llegar a palacio y despedirse de la princesa, le dijo al oído:

—Piensa en mi cabeza.

Pero el amigo de Juan lo oyó, y en el mismo momento en que la hija del rey entraba en su dormitorio y el brujo se disponía a volverse, agarrándolo por la luenga barba negra, ¡zas!, de un sablazo le separó la horrible cabeza de los hombros, sin que el mago lograse verlo. Luego arrojó el cuerpo al lago, para pasto de los peces, pero la cabeza sólo la sumergió en el agua y, envolviéndola luego en su pañuelo, se dirigió a la posada y se acostó.

A la mañana siguiente entregó el envoltorio a Juan, diciéndole que no lo abriese hasta que la princesa le preguntase en qué había pensado.

Había tanta gente en la amplia sala, que estaban, como suele decirse, como sardinas en barril. El consejo en pleno aparecía sentado en sus poltronas de blandos almohadones, y el anciano rey llevaba un vestido nuevo; la corona de oro y el cetro habían sido pulimentados, y todo presentaba un aspecto de gran solemnidad; sólo la princesa estaba lívida, y se había ataviado con un ropaje negro como ala de cuervo; se habría dicho que asistía a un entierro.

—¿En qué he pensado? —preguntó a Juan. Por toda contestación, éste desató el pañuelo, y él mismo quedó horrorizado al ver la fea cabeza del hechicero. Todos los presentes se estremecieron, pues verdaderamente era horrible; pero la princesa continuó erecta como una estatua de piedra, sin pronunciar palabra. Al fin se puso de pie y tendió la mano a Juan, pues había acertado. Sin mirarlo, dijo en voz alta, con un suspiro:

—¡Desde hoy eres mi señor! Esta noche se celebrará la boda.

—¡Eso está bien! —exclamó el anciano rey—. ¡Así se hacen las cosas!

Todos los asistentes prorrumpieron en vítores, la banda de la guardia salió a tocar por las calles, las campanas fueron echadas al vuelo y las pasteleras quitaron los crespones que cubrían sus tortas, pues reinaba una alegría general. Pusieron en el centro de la plaza del mercado tres bueyes asados, rellenos de patos y pollos, y cada cual fue autorizado a cortarse una tajada; de las fuentes fluyó dulce vino, y el que compraba una rosca en la panadería era obsequiado con seis grandes bollos, ¡de pasas, además!

Al atardecer se iluminó toda la ciudad, y los soldados dispararon salvas con los cañones, mientras los muchachos soltaban petardos; en el palacio se comía y bebía, todo eran saltos y empujones, y los caballeros distinguidos bailaban con las bellas señoritas; de lejos se les oía cantar:

¡Cuánta linda muchachita
que gusta bailar como torno de hilar!
Gira, gira, doncellita,
salta y baila sin parar,
hasta que la suela del zapato
se vaya a soltar!

Sin embargo, la princesa seguía aún embrujada y no podía sufrir a Juan. Pero el compañero de viaje no había olvidado este detalle y dio a Juan tres plumas de las alas del cisne y una botellita que contenía unas gotas, diciéndole que mandase colocar junto a la cama de la princesa un gran barril lleno de agua, y que cuando ella se dispusiera a acostarse, le diese un empujoncito de manera que se cayese al agua, en la cual la sumergiría tres veces, después de haberle echado las plumas y las gotas. Con esto quedaría desencantada y se enamoraría de él.

Juan lo hizo tal y como su compañero le había indicado. La princesa dio grandes gritos al zambullirse en el agua y agitó las manos, adquiriendo la figura de un enorme cisne negro de ojos centelleantes; a la segunda zambullida salió un cisne blanco, con sólo un aro negro en el cuello. Juan dirigió una plegaria a Dios; nuevamente sumergió al ave en el agua, y en el mismo instante quedó convertida en la hermosísima princesa. Era todavía más bella que antes, y con lágrimas en los maravillosos ojos le dio las gracias por haberla librado de su hechizo.

A la mañana siguiente, se presentó el anciano rey con toda su corte, y las felicitaciones se prolongaron hasta muy avanzado el día. El primero en llegar fue el compañero de viaje, con un bastón en la mano y el hato a la espalda. Juan lo abrazó repetidamente y le pidió que no se marchase, sino que se quedase a su lado, pues a él debía toda su felicidad. Pero el otro, meneando la cabeza, le respondió con dulzura:

—No, mi hora ha sonado. No hice sino pagar mi deuda. ¿Te acuerdas de aquel muerto con quien quisieron cebarse aquellos malvados? Diste cuanto tenías para que pudiese descansar en paz en su tumba. Pues aquel muerto soy yo.

Y en el mismo momento desapareció.

La boda se prolongó un mes entero. Juan y la princesa se amaban entrañablemente, y el anciano rey vio aún muchos días felices en los que pudo sentar a sus nietecitos sobre sus rodillas y jugar con ellos con el cetro; pero al fin Juan llegó a ser rey de todo el país.

Una historia de las Montañas Escabrosas

Edgar Allan Poe
(Boston, 1809-Baltimore, 1849)

Huérfano desde muy temprana edad, fue adoptado por un hombre de negocios (John Allan) que luego lo repudió, llevó una existencia pobre y atormentada que se volvió legendaria, y que en muchas de sus biografías parece marcada solamente por el alcoholismo, las desventuras económicas y las controversias con numerosos enemigos. Sin embargo, la de Poe es también una vida dedicada enteramente a la escritura, y en la que a numerosos textos de enorme influencia se agrega una incansable labor crítica y periodística y —nada menos— la fundación del cuento moderno, cuyas bases teóricas están sentadas en diversos ensayos del escritor y cuya práctica se ve, de manera deslumbrante, en muchas de sus mejores historias.

Además, Poe fundó la narrativa policial con su cuento "Los crímenes de la calle Morgue" (1841), y sus relatos de terror, alentados siempre por una fuerte atracción hacia lo mórbido y las atmósferas opresivas y melancólicas, tienen un encanto perdurable. Junto con éstos, y los poemas breves reunidos en numerosas ediciones, se pueden destacar de su obra la novela *La narración de Arthur Gordon Pym* (1838), que fue continuada por H. P. Lovecraft; el poema extenso *Eureka* (1848), muy cercano al ensayo y a la cosmogonía, y *La filosofía de la composición* (1846), un texto teórico que ha planteado el mismo enigma a lectores de dos siglos: ¿es posible, como dice Poe, crear un poema tan intenso y conmovedor al igual que *El cuervo* (1845) sólo mediante la razón?

"Una historia de las Montañas Escabrosas" ("A Tale of the Ragged Mountains"), probablemente escrito en 1843, apareció al año siguiente en la revista *Lady's Book* y fue reunido en colecciones hasta después de la muerte de su autor.

Durante el otoño del año 1827, mientras residía cerca de Charlottesville (Virginia), trabé relación por casualidad con Mr. Augustus Bedloe. Este joven caballero era notable en todo sentido y despertó en mí un interés y una curiosidad profundos. Me resultaba imposible comprenderlo tanto en lo físico como en lo moral. De su familia no pude obtener informes satisfactorios. Nunca averigüé de dónde venía. Aun en su edad —si bien lo califico de joven caballero— había algo que me desconcertaba no poco. Seguramente parecía joven, y se complacía en hablar de su juventud; mas había momentos en que no me hubiera costado mucho atribuirle cien años de edad. Pero nada más peculiar que su apariencia física. Era singularmente alto y delgado, muy encorvado. Tenía miembros excesivamente largos y descarnados, la frente ancha y alta, la tez absolutamente exangüe, la boca grande y flexible, y los dientes más desparejados, aunque sanos, que jamás he visto en una cabeza humana. La expresión de su sonrisa, sin embargo, en modo alguno resultaba desagradable, como podría suponerse; pero era absolutamente invariable. Tenía una profunda melancolía, una tristeza uniforme, constante. Sus ojos eran de tamaño anormal, grandes y redondos como los del gato. También las pupilas con cualquier aumento o disminución de luz sufrían una contracción o una dilatación como la que se observa en la especie felina. En momentos de excitación le brillaban los ojos hasta un punto casi inconcebible; parecían emitir rayos luminosos, no de una luz reflejada, sino intrínseca, como una bujía, como el sol; pero por lo general tenía un aspecto tan apagado, tan velado y opaco, que evocaban los ojos de un cadáver largo tiempo enterrado.

Estas características físicas parecían causarle mucha molestia y continuamente aludía a ellas en un tono en parte explicativo, en parte de disculpa, que la primera vez me impresionó penosamente. Pronto, sin embargo, me acostumbré a él y mi incomodidad se desvaneció. Parecía proponerse más bien insinuar, sin afirmarlo de modo directo, que su aspecto físico no había sido siempre el de ahora, que una larga serie de ataques neurálgicos lo habían reducido de una belleza mayor de la común a eso que ahora yo contemplaba. Hacía mucho tiempo que lo atendía un médico llamado Templeton, un viejo caballero de unos setenta años, a quien conociera en Saratoga y cuyos cuidados le habían proporcionado, o por lo menos así lo pensaba, gran alivio. El resultado fue que Bedloe, hombre rico, había hecho un arreglo con el doctor Templeton, por el cual este último, mediante un generoso pago anual, consintió en consagrar su tiempo y su experiencia médica al cuidado exclusivo del enfermo.

El doctor Templeton había viajado mucho en sus tiempos juveniles, y en París se convirtió, en gran medida, a las doctrinas de Mesmer. Por medio de curas magnéticas había logrado aliviar los agudos dolores de su paciente que, movido por este éxito, sentía cierto grado natural de confianza en las opiniones en las cuales se fundaba el tratamiento. El doctor, sin embargo, como todos los fanáticos, había luchado encarnizadamente por convertir a su discípulo, y al fin consiguió inducirlo a que se sometiera a numerosos experimentos. Con la frecuente repetición de éstos logró un resultado que en los últimos tiempos se ha vulgarizado hasta el punto de llamar poco o nada la atención, pero que en el periodo al cual me refiero era apenas conocido en América. Quiero decir que entre el doctor Templeton y Bedloe se había establecido poco a poco una conexión muy definida y muy intensa, una relación magnética. No estoy en condiciones de asegurar, sin embargo, que esta conexión se extendiera más allá de los límites del simple poder de provocar sueño; pero el poder en sí mismo había alcanzado gran intensidad. El primer intento de producir somnolencia magnética fue un absoluto fracaso para el mesmerista. El quinto o el sexto tuvo un éxito parcial, conseguido después de largo y continuo esfuerzo. Sólo en el duodécimo el triunfo fue completo. Después de éste la voluntad del paciente sucumbió rápidamente a la del médico, de modo que, cuando los conocí, el sueño se producía casi de inmediato por la simple voluntad del operador, aun cuando el enfermo no estuviera enterado de su presencia. Sólo ahora, en el año 1845, cuando se comprueban diariamente miles de milagros similares, me atrevo a referir esta aparente imposibilidad como un hecho tan cierto como probado.

El temperamento de Bedloe era sensitivo, excitable y exaltado en el más alto grado. Su imaginación se mostraba singularmente vigorosa y creadora, y sin duda sacaba fuerzas adicionales del uso habitual de la morfina, que ingería en gran cantidad y sin la cual le hubiera resultado imposible vivir. Era su costumbre tomar una dosis muy grande todas las mañanas inmediatamente después del desayuno, o más bien después de una taza de café cargado, pues no comía nada antes del mediodía, y luego salía, solo o acompañado por un perro, a un largo paseo por la cadena de salvajes y sombrías colinas que se alzan hacia el suroeste de Charlottesville y son honradas con el título de Montañas Escabrosas.

Un día oscuro, caliente, neblinoso de fines de noviembre, durante el extraño interregno de las estaciones que en Norteamérica se llama verano indio, Mr. Bedloe partió, como de costumbre, hacia las colinas. Transcurrió el día, y no volvió.

A eso de las ocho de la noche, ya seriamente alarmados por su prolongada ausencia, estábamos a punto de salir en su busca, cuando apareció de improviso, en un estado no peor que el habitual, pero más exaltado que de costumbre. Su relato de la expedición y de los acontecimientos que lo habían detenido fue en verdad singular.

—Recordarán ustedes —dijo— que eran alrededor de las nueve de la mañana cuando salí de Charlottesville. De inmediato dirigí mis pasos hacia las montañas y, a eso de las diez, entré en una garganta completamente nueva para mí. Seguí los recodos de este paso con gran interés. El paisaje que se veía por doquiera, aunque apenas digno de ser llamado imponente, presentaba un indescriptible y para mí delicioso aspecto de lúgubre desolación. La soledad parecía absolutamente virgen. No pude menos que pensar que aquel verde césped y aquellas rocas grises nunca habían sido holladas hasta entonces por pies humanos. Tan absoluto era su apartamiento y en realidad tan inaccesible —salvo por una serie de accidentes— la entrada del barranco, que no es nada imposible que yo haya sido el primer aventurero, el primerísimo y único aventurero que penetró en sus reconditeces.

"La espesa y peculiar niebla o humo que caracteriza al verano indio y que ahora flota, pesada, sobre todos los objetos, servía sin duda para ahondar la vaga impresión que esos objetos creaban. Tan densa era esta agradable bruma, que en ningún momento pude ver a más de doce yardas en el sendero que tenía delante. Este sendero era sumamente sinuoso y, como no se podía ver el sol, pronto perdí toda idea de la dirección en que andaba. Entre tanto la morfina obró su efecto acostumbrado: el de dotar a todo el mundo exterior de intenso interés. En el temblor de una hoja, en el matiz de una brizna de hierba, en la forma de un trébol, en el zumbido de una abeja, en el brillo de una gota de rocío, en el soplo del viento, en los suaves olores que salían del bosque había todo un universo de sugestión, una alegre y abigarrada serie de ideas fragmentarias desordenadas.

"Absorto, caminé durante varias horas, durante las cuales la niebla se espesó a mi alrededor hasta tal punto que al fin me vi obligado a buscar a tientas el camino. Entonces una indescriptible inquietud se adueñó de mí, una especie de vacilación nerviosa, de temblor. Temí caminar, no fuera a precipitarme en algún abismo. Recordaba, además, extrañas historias sobre las Montañas Escabrosas, sobre una raza extraña y fiera de hombres que ocupaban sus bosquecillos y sus cavernas. Mil fantasías vagas me oprimieron y desconcertaron, fantasías más aflictivas por ser vagas. De improviso detuvo mi atención el fuerte redoble de un tambor.

"Mi asombro fue por supuesto extremado. Un tambor en esas colinas era algo desconocido. No podía sorprenderme más el sonido de la trompeta del Arcángel. Pero entonces surgió una fuente de interés y de perplejidad aún más sorprendente. Se oyó un extraño son de cascabel o campanilla, como de un manojo de grandes llaves, y al instante pasó como una exhalación, lanzando un alarido, un hombre semidesnudo de rostro atezado. Pasó tan cerca que sentí su aliento caliente en la cara. Llevaba en una mano un instrumento compuesto por un conjunto de aros de acero, y los sacudía vigorosamente al correr. Apenas había desaparecido en la niebla cuando, jadeando tras él, con la boca abierta y los ojos centelleantes, se precipitó una enorme bestia. No podía equivocarme acerca de su naturaleza. Era una hiena.

"La vista de este monstruo, en vez de aumentar mis terrores los alivió, pues ahora estaba seguro de que soñaba, e intenté despertarme. Di unos pasos hacia adelante con audacia, con vivacidad. Me froté los ojos. Grité. Me pellizqué los brazos. Un pequeño manantial se presentó ante mi vista y entonces, deteniéndome, me mojé las manos, la cabeza y el cuello. Esto pareció disipar las sensaciones equívocas que hasta entonces me perturbaran. Me enderecé, como lo pensaba, convertido en un hombre nuevo y proseguí tranquilo y satisfecho mi desconocido camino.

"Al fin, extenuado por el ejercicio y por cierta opresiva cerrazón de la atmósfera, me senté bajo un árbol. En ese momento llegó un pálido resplandor de sol y la sombra de las hojas del árbol cayó débil pero definida sobre la hierba. Pasmado, contemplé esta sombra durante varios minutos. Su forma me dejó estupefacto. Miré hacia arriba. El árbol era una palmera.

"Entonces me levanté apresuradamente y en un estado de terrible agitación, pues la suposición de que estaba soñando ya no me servía. Vi, comprendí que era perfectamente dueño de mis sentidos, y estos sentidos brindaban a mi alma un mundo de sensaciones nuevas y singulares. El calor tornóse de pronto intolerable. La brisa estaba cargada de un extraño olor. Un murmullo bajo, continuo, como el que surge de un río crecido pero que corre suavemente, llegó a mis oídos, mezclado con el susurro peculiar de múltiples voces humanas.

"Mientras escuchaba en el colmo de un asombro que no necesito describir, una fuerte y breve ráfaga de viento disipó la niebla oprimente como por obra de magia.

"Me encontré al pie de una alta montaña y mirando una vasta llanura por la cual serpeaba un majestuoso río. A orillas de este río había una ciudad de apariencia oriental, como las que conocemos por *Las mil y una noches*, pero más singular aún que las allí descritas. Desde mi posición, a un nivel mucho más alto que el de la ciudad, podía percibir cada rincón y escondrijo como si estuviera delineado en un mapa. Las calles parecían innumerables y se cruzaban irregularmente en todas direcciones, pero eran más bien pasadizos sinuosos que calles, y bullían de habitantes. Las casas eran extrañamente pintorescas. A cada lado había profusión de balcones, galerías, torrecillas, templetes y minaretes fantásticamente tallados. Abundaban los bazares, y había un despliegue de ricas mercancías en infinita variedad y abundancia: sedas, muselinas, la cuchillería más deslumbrante, las joyas y gemas más espléndidas. Además de estas cosas se veían por todas partes estandartes y palanquines, literas con majestuosas damas rigurosamente veladas, elefantes con gualdrapas suntuosas, ídolos grotescamente tallados, tambores, pendones, gongos, lanzas, mazas doradas y argentinas. Y en medio de la multitud, el clamor, el enredo, la confusión general, en medio del millón de hombres blancos y amarillos con turbantes y túnicas y barbas caudalosas, vagaba una innumerable cantidad de toros sagrados, mientras vastas legiones de asquerosos monos también sagrados trepaban, parloteando y chillando, a las cornisas de las mezquitas, o se colgaban de los minaretes y de las torrecillas. De las hormigueantes calles bajaban a las orillas del río innumerables escaleras que llegaban a los baños, mientras el río mismo parecía abrirse paso con dificultad a través de las grandes flotas de navíos muy cargados que se amontonaban a lo largo y a lo ancho de su superficie. Más allá de los límites de la ciudad se levantaban, en múltiples grupos majestuosos, la palmera y el cocotero, y otros gigantescos y misteriosos árboles añosos, y aquí y allá podía verse un arrozal, alguna choza campesina con techo de paja, un aljibe, un templo perdido, un campamento gitano o una solitaria y graciosa doncella encaminándose, con un cántaro sobre la cabeza, hacia las orillas del magnífico río.

"Ustedes dirán ahora, por supuesto, que yo soñaba; pero no es así. Lo que vi, lo que oí, lo que sentí, lo que pensé, nada tenía de la inequívoca idiosincrasia del sueño. Todo poseía una consistencia rigurosa y propia. Al principio, dudando de estar realmente despierto, inicié una serie de pruebas que pronto me convencieron de que, en efecto, lo estaba. Cuando uno sueña y en el sueño sospecha que sueña, la sospecha nunca deja de confirmarse y el durmiente se despierta de inmediato. Por eso Novalis no se equivoca al decir que 'estamos próximos a despertar cuando soñamos que soñamos'. Si hubiera tenido esta visión tal como la describo, sin sospechar que era un sueño, entonces podía haber sido un sueño; pero habiéndose producido así, y siendo, como lo fue, objeto de sospechas y de pruebas, me veo obligado a clasificarla entre otros fenómenos."

—En esto no estoy seguro de que se equivoque —observó el doctor Templeton—, pero continúe. Usted se levantó y descendió a la ciudad.

—Me levanté —continuó Bedloe mirando al doctor con un aire de profundo asombro—, me levanté como usted dice y descendí a la ciudad. En el camino encontré una inmensa multitud que atestaba las calles y se dirigía a la misma dirección, dando muestras en todos sus actos de la más intensa excitación. De pronto, y por algún impulso inconcebible, experimenté un fuerte interés personal en lo que estaba sucediendo. Sentía que debía desempeñar un importante papel, sin saber exactamente cuál. La multitud que me rodeaba, sin embargo, me inspiró un profundo sentimiento de animosidad. Me aparté bruscamente, deprisa, por un sendero tortuoso, llegué a la ciudad y entré. Todo era allí tumulto, contienda. Un pequeño grupo de hombres vestidos con ropas semiindias, semieuropeas, y comandado por caballeros de uniforme en parte británico, combatían en desventaja con la bullente chusma de las callejuelas. Me uní a la parte más débil, con las armas de un oficial caído, y luché no sé contra quién, con la nerviosa ferocidad de la desesperación. Pronto fuimos vencidos por el número y buscamos refugio en una especie de quiosco. Allí nos atrincheramos y por un momento estuvimos seguros. Desde una aspillera cerca del pináculo del quiosco vi una vasta multitud, en furiosa agitación, rodeando y asaltando un alegre palacio que dominaba el río. Entonces, desde una ventana superior de ese palacio bajó un personaje de aspecto afeminado, valiéndose de una cuerda hecha con los turbantes de sus sirvientes. Cerca había un bote, en el cual huyó a la orilla opuesta del río.

"Y entonces un nuevo propósito se apoderó de mi espíritu. Dije unas pocas palabras apresuradas pero enérgicas a mis compañeros y, logrando ganar a algunos para mi causa, hice una frenética salida desde el quiosco. Nos precipitamos entre la multitud que lo rodeaba. Al principio ésta se retiró a nuestro paso. Volvió a unirse, luchó enloquecida, se retiró de nuevo. Entretanto nos habíamos alejado del quiosco y nos extraviamos y confundimos en las estrechas calles de casas altas, salientes, en cuyas profundidades el sol nunca había podido brillar. La canalla presionó impetuosa contra nosotros, acosándonos con sus lanzas y abrumándonos a flechazos. Las flechas eran muy curiosas, algo parecidas al sinuoso puñal malayo. Imitaban el cuerpo de una serpiente ondulada y eran largas y negras, con púa envenenada. Una de ellas me hirió en la sien derecha. Me tambaleé y caí. Una instantánea y espantosa náusea me invadió. Me debatí, jadeando, hasta morir."

—No puede usted insistir ahora —dije, sonriendo— en que toda su aventura no fue un sueño. No se dispondrá a sostener que está muerto, ¿verdad?

Al decir estas palabras esperaba de parte de Bedloe alguna vivaz salida a modo de réplica; pero, para asombro mío, vaciló, tembló, se puso terriblemente pálido y permaneció silencioso. Miré a Templeton. Estaba rígido y erecto en su silla, daba diente con diente y los ojos se le salían de las órbitas.

—¡Continúe! —dijo por fin con voz ronca.

—Durante varios minutos —prosiguió Bedloe— mi único sentimiento, mi única sensación fue de oscuridad, de nada, junto con la conciencia de la muerte. Por fin mi alma pareció sufrir un violento y repentino choque, como de electricidad. Con él apareció la sensación de elasticidad y de luz. Sentí la luz, no la vi. Por un instante me pareció que me levantaba del suelo. Pero no tenía presencia corpórea, ni visible, ni audible, ni palpable. La multitud se había marchado. El tumulto había cesado. La ciudad se hallaba en relativo reposo. Abajo yacía mi cadáver con la flecha en la sien, la cabeza enormemente hinchada y desfigurada. Pero todas estas cosas las sentí, no las vi. Nada me interesaba. El mismo cadáver era como si no fuese cosa mía. No tenía ninguna voluntad, pero algo parecía impulsarme a moverme y me deslicé flotando fuera de la ciudad, volviendo a recorrer el sendero sinuoso por el cual había entrado. Cuando llegué al punto del barranco en las montañas donde encontrara a la hiena, experimenté de nuevo un choque como de batería galvánica; las sensaciones de peso, de voluntad y de sustancia volvieron. Recobré mi ser original y dirigí ansioso mis pasos hacia casa, pero el pasado no había perdido la vivacidad de lo real, ni siquiera ahora, ni siquiera por un instante puedo obligar a mi entendimiento a considerarlo como un sueño.

—No lo era —dijo Templeton con un aire de profunda solemnidad—, y sin embargo sería difícil decir de qué otra manera podría llamárselo. Supongamos tan sólo que el alma del hombre actual está al borde de algunos estupendos descubrimientos psíquicos. Contentémonos con esta suposición. En cuanto al resto, tengo alguna explicación que dar. He aquí una acuarela que debería haberle mostrado antes, pero no lo hice porque hasta ahora me lo impidió un inexplicable sentimiento de horror.

Miramos la figura que presentaba. Nada le vi de extraordinario, pero su efecto sobre Bedloe fue prodigioso. Casi se desmayó al verlo. Sin embargo era tan sólo un retrato, una miniatura de milagrosa exactitud, por cierto, un retrato de sus notables facciones. Por lo menos eso fue lo que pensé al mirarlo.

—Advertirán ustedes —dijo Templeton— la fecha de este retrato. Aquí está, apenas visible, en este ángulo: 1780. En ese año fue hecho el retrato. Pertenece a un amigo muerto, al señor Oldeb, de quien fui muy íntimo en Calcuta, durante la administración de Warren Hastings. Entonces tenía yo sólo veinte años. La primera vez que lo vi, señor Bedloe, en Saratoga, la milagrosa semejanza existente entre usted y la pintura fue lo que me indujo a hablarle, a buscar su amistad y a llegar a un arreglo por el cual me convertí en su compañero constante. Al hacer esto me urgía en parte, y quizá principalmente, el dolido recuerdo del muerto, pero también, en parte, una curiosidad con respecto a usted, incómoda y no desprovista de horror.

"En los detalles de su visión entre las colinas ha descrito usted con la más minuciosa exactitud la ciudad india de Benarés, sobre el Río Sagrado. Los tumultos, el combate y la matanza fueron sucesos reales de la insurrección de Cheyte Sing que ocurrió en 1780, cuando la vida de Hastings corrió inminente peligro. El hombre que escapaba por la cuerda de turbantes era el mismo Cheyte Sing. El destacamento del quiosco estaba formado por cipayos y oficiales británicos comandados por Hastings. Yo formaba parte de ese destacamento e hice todo lo posible para impedir la temeraria y fatal salida del oficial que cayó, en las atestadas callejuelas, herido por la flecha envenenada de un bengalí. Aquel oficial era mi amigo más querido. Era Oldeb. Lo verán ustedes en estos manuscritos —sacó un cuaderno de notas donde había varias páginas que parecían recién escritas—; en el mismo momento en que usted imaginaba esas cosas entre las colinas, yo estaba entregado a la tarea de detallarlas sobre el papel, aquí, en casa."

Aproximadamente una semana después de esta conversación, en el periódico de Charlottesville aparecieron los siguientes párrafos:

«Tenemos el penoso deber de anunciar la muerte del señor AUGUSTUS BEDLO, caballero cuyas amables costumbres y numerosas virtudes le habían ganado el afecto de los ciudadanos de Charlottesville.

»El señor B. había padecido durante varios años neuralgias que con frecuencia amenazaron con un fin fatal; pero ésta no puede ser considerada sino la causa mediata de su deceso. La causa próxima es especialmente singular. En una excursión a las Montañas Escabrosas, hace unos días, el señor B. tomó un poco de frío y contrajo fiebre acompañada por gran aflujo de sangre a la cabeza. Para aliviar esto, el doctor Templeton recurrió a la sangría local, por medio de sanguijuelas aplicadas a las sienes. En un periodo terriblemente breve el paciente murió, viéndose entonces que en el recipiente de las sanguijuelas se había introducido por casualidad una de las vermiculares venenosas que de vez en cuando se encuentran en las charcas vecinas. Ésta se adhirió a una pequeña arteria de la sien derecha. Su gran semejanza con la sanguijuela medicinal fue causa de que se advirtiera demasiado tarde el error.»

Estaba hablando con el director del diario en cuestión sobre este notable accidente, cuando se me ocurrió preguntar por qué el nombre del difunto figuraba como Bedlo.

—Supongo —dije— que tienen ustedes autoridad suficiente para escribirlo así, pero siempre imaginé que el nombre se escribía con una e al final.

—¿Autoridad? No —replicó—. Es un simple error tipográfico. El nombre es Bedloe, con una e, y en mi vida he sabido que se escribiera de otro modo.

—Entonces —dije entre dientes mientras me alejaba—, entonces realmente ha sucedido que una verdad es más extraña que cualquier ficción, pues Bedlo, sin la e, ¿qué es sino Oldeb, a la inversa? Y este hombre me dice que es un error tipográfico.

El beso

Gustavo Adolfo Bécquer
(Sevilla, 1836-Toledo, 1870)

Descendiente de una familia sevillana antigua, pero venida a menos, estudió pintura y humanidades pero se decidió finalmente por la escritura. Con el auge —tardío, como en el resto de los países de habla española— de la literatura romántica, emigró a Madrid a buscar fortuna y se vio forzado, como muchos otros de su generación, a padecer privaciones y desempeñar trabajos miserables para sobrevivir. A la vez, sin embargo, iba escribiendo sus *Rimas* —los textos que lo han vuelto más famoso, a la vez inspirados en el romanticismo y en la poesía del Siglo de Oro—, sus *Leyendas* —reversiones, como las de Tieck, de historias más antiguas— y muchos otros trabajos, desde traducciones hasta crónicas, que publicaba en revistas y periódicos.

Atormentado por su vida difícil, por la tuberculosis que había contraído de joven y por varios amores no correspondidos (éstos, por otro lado, fueron la fuente de muchas de las *Rimas*), Bécquer disfrutó de un relativa prosperidad entre 1858 y 1868, cuando trabajó como redactor en la revista *El Contemporáneo* y obtuvo un cargo como censor oficial al amparo de un gobierno conservador. En este periodo se casó con Casta Esteban y Navarro (hija del doctor que le atendía una enfermedad venérea), con quien tuvo dos hijos. Sin embargo, el ambiente de España se volvía progresivamente insensible a su trabajo literario, y su matrimonio terminó por disolverse. Nuevamente en dificultades económicas, y enfermo, su hermano Valeriano, pintor destacado, cuidó de él; ambos se retiraron a Toledo, donde la muerte repentina de Valeriano precipitó la de Gustavo Adolfo. Al año siguiente, en 1871, aparecieron las primeras colecciones de sus *Rimas* y de sus *Leyendas*, entre las que se encuentra "El beso".

I

Cuando una parte del ejército francés se apoderó a principios de este siglo de la histórica Toledo, sus jefes, que ignoraban el peligro a que se exponían en las poblaciones españolas diseminándose en alojamientos separados, comenzaron por habilitar para cuarteles los más grandes y mejores edificios de la ciudad.

Después de ocupado el suntuoso alcázar de Carlos V, echóse mano de la Casa de Consejos; y cuando ésta no pudo contener más gente, comenzaron a invadir el asilo de las comunidades religiosas, acabando a la postre por transformar en cuadras hasta las iglesias consagradas al culto. En esta conformidad se encontraban las cosas en la población donde tuvo lugar el suceso que voy a referir, cuando una noche, ya a hora bastante avanzada, envueltos en sus oscuros capotes de guerra y ensordeciendo las estrechas y solitarias calles que conducen desde la Puerta del Sol de Zocodover, con el choque de sus armas y el ruidoso golpear de los cascos de sus corceles, que sacaban chispas de los pedernales, entraron en la ciudad hasta unos cien dragones de aquellos altos, arrogantes y fornidos de que todavía nos hablan con admiración nuestras abuelas.

Mandaba la fuerza un oficial bastante joven, el cual iba como a distancia de unos treinta pasos de su gente, hablando a media voz con otro, también militar, a lo que podía colegirse por su traje. Éste, que caminaba a pie delante de su interlocutor, llevando en la mano un farolillo, parecía servirle de guía por entre aquel laberinto de calles oscuras, enmarañadas y revueltas.

—Con verdad —decía el jinete a su acompañante—, que si el alojamiento que se nos prepara es tal y como me lo pintas, casi casi sería preferible arrancharnos en el campo o en medio de una plaza.

—¿Y qué queréis mi capitán? —contestóle el guía que efectivamente era un sargento aposentador—. En el alcázar no cabe ya un gramo de trigo, cuando más un hombre; San Juan de los Reyes no digamos, porque hay celda de fraile en la que duermen quince húsares. El convento adonde voy a conduciros no era mal local, pero hará cosa de tres o cuatro días nos cayó aquí como de las nubes una de las columnas volantes que recorren la provincia, y gracias que hemos podido conseguir que se amontonen por los claustros y dejen libre la iglesia.

—En fin —exclamó el oficial, después de un corto silencio y como resignándose con el extraño alojamiento que la casualidad le deparaba—: más vale incómodo que ninguno. De todas maneras, si llueve, que no será difícil según se agrupan las nubes, estaremos a cubierto y algo es algo.

Interrumpida la conversación en este punto, los jinetes, precedidos del guía, siguieron en silencio el camino adelante hasta llegar a una plazuela, en cuyo fondo se destacaba la negra silueta del convento con su torre morisca, su campanario de espadaña, su cúpula ojival y sus tejados desiguales y oscuros.

—He aquí vuestro alojamiento —exclamó el aposentador al divisarle y dirigiéndose al capitán, que después que hubo mandado hacer algo a la tropa, echó pie a tierra, tornó al farolillo de manos del guía y se dirigió hacia el punto que éste le señalaba.

Comoquiera que la iglesia del convento estaba completamente desmantelada, los soldados que ocupaban el resto del edificio habían creído que las puertas le eran ya poco menos que inútiles, y un tablero hoy, otro mañana, habían ido arrancándolas pedazo a pedazo para hacer hogueras con que calentarse por las noches.

Nuestro joven oficial no tuvo, pues, que torcer llaves ni descorrer cerrojos para penetrar en el interior del templo.

A la luz del farolillo, cuya dudosa claridad se perdía entre las espesas sombras de las naves y dibujaba con gigantescas proporciones sobre el muro la fantástica sombra del sargento aposentador, que iba precediéndole, recorrió la iglesia de arriba abajo, y escudriñó una por una todas sus desiertas capillas, hasta que una vez hecho cargo del local mandó echar pie a tierra a su gente, y hombres y caballos revueltos, fue acomodándola como mejor pudo.

Según dejamos dicho, la iglesia estaba completamente desmantelada; en el altar mayor pendían aún de las altas cornisas los rotos jirones del velo con que le habían cubierto los religiosos al abandonar aquel recinto; diseminados por las naves veíanse algunos retablos adosados al muro, sin imágenes en las hornacinas; en el coro se dibujaban con un ribete de luz los extraños perfiles de la oscura sillería de alerce; en el pavimento, destrozado en varios puntos, distinguíanse aún anchas losas sepulcrales llenas de timbres, escudos y largas inscripciones góticas; y allá a lo lejos, en el fondo de las silenciosas capillas y a lo largo del crucero, se destacaban confusamente entre la oscuridad, semejantes a blancos e inmóviles fantasmas, las estatuas de piedra, que, unas tendidas, otras de hinojos sobre el mármol de sus tumbas, parecían ser los únicos habitantes del ruinoso edificio.

A cualquier otro menos molido que el oficial de dragones, el cual traía una jornada de catorce leguas en el cuerpo, o menos acostumbrado a ver estos sacrilegios como la cosa más natural del mundo, hubiéranle bastado dos adarmes de imaginación para no pegar los ojos en toda la noche en aquel oscuro e imponente recinto, donde las blasfemias de los soldados que se quejaban en voz alta del improvisado cuartel, el metálico golpe de las espuelas, que resonaban sobre las anchas losas sepulcrales del pavimento, el ruido de los caballos que piafaban impacientes, cabeceando y haciendo sonar las cadenas con que estaban sujetos a los pilares, formaban un rumor extraño y temeroso que se dilataba por todo el ámbito de la iglesia y se reproducía cada vez más confuso, repetido de eco en eco en sus altas bóvedas.

Pero nuestro héroe, aunque joven, estaba ya tan familiarizado con estas peripecias de la vida de campaña, que apenas hubo acomodado a su gente, mandó colocar un saco de forraje al pie de la grada del presbiterio, y arrebujándose como mejor pudo en su capote y echando la cabeza en el escalón, a los cinco minutos roncaba con más tranquilidad que el mismo rey José en su palacio de Madrid.

Los soldados, haciéndose almohadas de las monturas, imitaron su ejemplo, y poco a poco fue apagándose el murmullo de sus voces.

A la media hora sólo se oían los ahogados gemidos del aire que entraba por las rotas vidrieras de las ojivas del templo, el atolondrado revolotear de las aves nocturnas que tenían sus nidos en el dosel de piedra de las esculturas de los muros, y el alternado rumor de los pasos del vigilante que se paseaba envuelto en los anchos pliegues de su capote, a lo largo del pórtico.

II

En la época a que se remonta la relación de esta historia, tan verídica como extraordinaria, lo mismo que al presente, para los que no sabían apreciar los tesoros de arte que encierran sus muros, la ciudad de Toledo no era más que un poblachón destartalado, antiguo, ruinoso e insufrible.

Los oficiales del ejército francés, que a juzgar por los actos de vandalismo con que dejaron en ella triste y perdurable memoria de su ocupación, de todo tenían menos de artistas o arqueólogos; no hay para qué decir que se fastidiaban soberanamente en la vetusta ciudad de los Césares.

En esta situación de ánimo, la más insignificante novedad que viniese a romper la monótona quietud de aquellos días eternos e iguales era acogida con avidez entre los ociosos; así es que promoción al grado inmediato de uno de sus camaradas, la noticia del movimiento estratégico de una columna volante, la salida de un correo de gabinete o la llegada de una fuerza cualquiera a la ciudad, convertíanse en tema fecundo de conversación y objeto de toda clase de comentarios, hasta tanto que otro incidente venía a sustituirle, sirviendo de base a nuevas quejas, críticas y suposicones.

Como era de esperar, entre los oficiles que, según tenían costumbre, acudieron al día siguiente a tomar el sol y a charlar un rato en el Zocodover, no se hizo platillo de otra cosa que de la llegada de los dragones, cuyo jefe dejamos en el anterior capítulo durmiendo a pierna suelta y descansando de las fatigas de su viaje. Cerca de un hora hacía que la conversación giraba alrededor de este asunto, y ya comenzaba a interpretarse de diversos modos la ausencia del recién venido, a quien uno de los presentes, antiguo compañero suyo del colegio, había citado para el Zocodover, cuando en una de las bocacalles de la plaza apareció al fin nuestro bizarro capitán, despojado de su ancho capotón de guerra, luciendo un gran casco de metal con penacho de plumas blancas, una casaca azul turquí con vueltas rojas y un magníficdo mandoble con vaina de acero, que resonaban arrastrándose al compás de sus marciales pasos y del golpe seco y agudo de sus espuelas de oro.

Apenas le vio su camarada, salió a su encuentro para saludarle, y con él se adelantaron casi todos los que a la sazón se encontraban en el corrillo, en quienes había despertado la curiosidad y la gana de conocerle, los pormenores que ya habían oído referir acerca de su carácter original y extraño.

Después de los estrechos abrazos de costumbre y de las exclamaciones, plácemes y preguntas de rigor en estas entrevistas; después de hablar largo y tendido sobre las novedades que andaban por Madrid, la varia fortuna de la guerra y los amigotes muertos o ausentes, rodando de uno en otro asunto la conversación vino a parar el tema obligado, esto es, las penalidades del servicio, la falta de distracciones de la ciudad y el inconveniente de los alojamientos.

Al llegar a este punto, uno de los de la reunión que por lo visto, tenía noticia del mal talante con que el joven oficial se había resignado a acomodar su gente en la abandonada iglesia, le dijo con aire de zumba:

—Y a própósito del alojamiento, ¿qué tal se ha pasado la noche en el que ocupáis?

—Ha habido de todo —contestó el interpelado—, pues si bien es verdad que no he dormido gran cosa, el origen de mi vigilia merece la pena de la velada. El insomnio junto a una mujer bonita no es seguramente el peor de los males.

—¡Una mujer! —repitió su interlocutor, como admirándose de la buena fortuna del recién venido—. Eso es lo que se llama llegar y besar el santo.

—Será tal vez algún antiguo amor de la corte que le sigue a Toledo para hacerle más soportable el ostracismo —añadió otro de los del grupo.

—¡Oh, no! —dijo entonces el capitán—, nada menos que eso. Juro, a fe de quien soy, que no la conocía y que nunca creí hallar tan bella patrona en tan incómodo alojamiento. Es todo lo que se llama una verdadera aventura.

—¡Contadla! ¡Contadla! —exclamaron en coro los oficiales que rodeaban al capitán, y como éste se dispusiera a hacerlo así, todos prestaron la mayor atención a sus palabras, mientras él comenzó la historia en estos términos.

—Dormía esta noche pasada como duerme un hombre que trae en el cuerpo trece leguas de camino, cuando he aquí que en lo mejor del sueño me hizo despertar sobresaltado e incorporarme sobre el codo un estruendo horrible, un estruendo tal que me ensordeció un instante para dejarme después los oídos zumbando cerca de un minuto, como si un moscardón me cantase a la oreja.

"Como os habréis figurado, la causa de mi susto era el primer golpe que oía de esa endiablada campana gorda, especie de sochantre de bronce, que los canónigos de Toledo han colgado en su catedral con el laudable propósito de matar a disgustos a los necesitados de reposo.

"Renegando entre los dientes de la campana y del campanero que toca, disponíame, una vez apagado aquel insólito y temeroso rumor, a seguir nuevamente el hilo del interrumpido sueño, cuando vino a herir mi imaginación y a ofrecerse ante mis ojos una cosa extraordinaria. A la dudosa luz de la luna que entraba en el templo por el estrecho ajimez del muro de la capilla mayor, vi a una mujer arrodillada junto al altar.

Los oficiales se miraron entre sí con expresión entre asombrada e incrédula; el capitán, sin atender al efecto que su narración producía continuó de este modo:

—No podéis figuraros nada semejante a aquella nocturna y fantástica visión que se dibujaba confusamente en la penunbra de la capilla, como esas vírgenes pintadas en los vidrios de colores que habréis visto alguna vez destacarse a lo lejos, blancas y luminosas, sobre el oscuro fondo de las catedrales.

"Su rostro, ovalado, en donde se veía impreso el sello de una leve y espiritual demacración; sus armoniosas facciones llenas de una suave y melancólica dulzura; su intensa palidez, las purísimas líneas de su contorno esbelto, su ademán reposado y noble, su traje blanco y flotante, me traían a la memoria esas mujeres que yo soñaba cuando era casi un niño. ¡Castañas y celestes imágenes, quimérico objeto del vago amor de la adolescencia! Yo me creía juguete de una adulación, y sin quitarle un punto los ojos ni aun osaba respirar, temiendo que un soplo desvaneciese el encanto. Ella permanecía inmóvil.

"Antojábaseme al verla tan diáfana y luminosa que no era una criatura terrenal, sino un espíritu que, revistiendo por un instante la forma humana, había descendido en el rayo de la luna, dejando en el aire y en pos de sí la azulada estela que desde el alto ajimez bajaba verticalmente hasta el pie del opuesto muro, rompiéndose la oscura sombra de aquel recinto lóbrego y misterioso.

—Pero... —exclamó interrumpiéndole su camarada de colegio, que comenzando por echar a broma la historia, había concluido interesándose con su relato—. ¿Cómo estaba allí aquella mujer? ¿No le dijiste nada? ¿No te explicó su presencia en aquel sitio?

—No me determiné a hablarle, porque estaba seguro de que no había de constestarme, ni verme, ni oírme.

—¿Era sorda?, ¿era ciega?, ¿era muda? —exclamaron a un tiempo tres o cuatro de los que escuchaban la relación.

—Lo era todo a la vez —exclamó al fin el capitán después de un momento de pausa—, porque era... de mármol.

Al oír el estupendo desenlace de tan extraña aventura, cuantos había en el corro prorrumpieron a una ruidosa carcajada, mientras uno de ellos dijo al narrador de la peregrina historia, que era el único que permanecía callado y en una grave actitud:

—¡Acabáramos de una vez! Lo que es de ese género, tengo yo más de un millar, un verdadero serrallo, en San Juan de los Reyes; serrallo que desde ahora pongo a vuestra disposición, ya que a lo que parece, tanto os da de una mujer de carne como de piedra.

—¡Oh, no! —continuó el capitán, sin alterarse en lo más mínimo por las carcajadas de sus compañeros—: estoy seguro de que no pueden ser como la mía. La mía es una verdadera dama castellana que por un milagro de la escultura parece que no la han enterrado en un sepulcro, sino que aún permanece en cuerpo y alma de hinojos sobre la losa que la cubre, inmóvil, con las manos juntas en ademán suplicante, sumergida en un éxtasis de místico amor.

—De tal modo te explicas, que acabarás por probarnos la verosimilitud de la fábula de Galatea.

—Por mi parte, puedo deciros que siempre la creí una locura, mas desde anoche comienzo a comprender la pasión del escultor griego.

—Dadas las especiales condiciones de tu nueva dama, creo que no tendrás inconveniente en presentarnos a ella. De mí sé decir que ya no vivo hasta ver esa maravilla. Pero... ¿qué diantre te pasa?... diríase que esquivas la presentación, ¡ja, ja! Bonito fuera que ya te tuviéramos hasta celoso.

—Celoso —se apresuró a decir el capitán—, celoso de los hombres, no... mas ved, sin embargo, hasta dónde llega mi extravagancia. Junto a la imagen de esa mujer, también de mármol, grave y al parecer con vida como ella, hay un guerrero..., su marido sin duda... Pues bien lo voy a decir todo, aunque os moféis de mi necedad... si no hubiera temido que me tratasen de loco, creo que ya lo habría hecho cien veces pedazos.

Una nueva y aún más ruidosa carcajada de los oficiales saludó esta original revelación del estrambótico enamorado de la dama de piedra.

—Nada, nada, es preciso que la veamos —decían los unos.

—Sí, sí, es preciso saber si el objeto corresponde a tan alta pasión —añadian los otros.

—¿Cuándo nos reuniremos para echar un trago en la iglesia en que os alojáis? —exclamaron los demás.

—Cuando mejor os parezca, esta misma noche si queréis —respondió el joven capitán, recobrando su habitual sonrisa, disipada un instante por aquel relámpago de celos—. A propósito, con los bagajes he traído hasta un par de docenas de botellas de *champagne,* verdadero *champagne,* restos de un regalo hecho a nuestro general de brigada, que, como sabéis, es algo pariente.

—¡Bravo, bravo! —exclamron los oficiales a una voz prorrumpiendo en alegres exclamaciones.

—¡Se beberá vino del país!

—¡Y cantaremos una canción de Ronsard!

—Y hablaremos de mujeres, a propósito de la dama del anfitrión.

—Conque... hasta la noche.

—Hasta la noche.

III

Ya hacía un largo rato que los pacíficos habitantes de Toledo habían cerrado con llave y cerrojo las pesadas puertas de sus antiguos caserones; la campana gorda de la catedral anunciaba la hora de la queda, y en lo alto del alcázar, convertido en cuartel, se oía el último toque de silencio de los clarines, cuando diez o doce oficiales que poco a poco habían ido reuniéndose en el Zocodover tomaron el camino que conduce desde aquel punto al convento en que se alojaba el capitán, animados más con la esperanza de apurar las comprometidas botellas que con el deseo de conocer la maravillosa escultura.

La noche había cerrado sombría y amenazadora; el cielo estaba cubierto de nubes de color de plomo; el aire, que zumbaba encarcelado en las estrechas y retorcidas calles, agitaba la moribunda luz del farolillo de los retablos, o hacía girar con un chirrido apagado las veletas de hierro de las torres.

Apenas los oficiales dieron vista a la plaza en que se hallaba situado el alojamiento de su nuevo amigo, éste que les aguardaba impaciente, salió a encontrarles, y después de cambiar algunas palabras a media voz, todos penetraron juntos en la iglesia, en cuyo lóbrego recinto la escasa claridad de una linterna luchaba trabajosamente con las oscuras y espesísimas sombras.

—¡Por quien soy! —exclamó uno de los convidados tendiendo a su alrededor la vista—, que el local es de lo menos a propósito del mundo para una fiesta.

—Efectivamente —dijo otro—, nos traes a conocer a una dama, y apenas si con mucha dificultad se ven los dedos de la mano.

—Y con todo, hace un frío que no parece sino que estamos en la Siberia —añadió un tercero, arrebujándose en el capote.

—Calma, señores, calma —interrumpió el anfitrión—; calma, que a todo se proveerá. ¡Eh, muchacho! —prosiguió dirigiéndose a uno de sus asistentes—, busca por ahí un poco de leña, y enciéndenos una buena fogata en la capilla mayor.

El asistente, obedeciendo las órdenes de su capitán, comenzó a descargar golpes en la sillería del coro, y después que hubo reunido una gran cantidad de leña, que fue apilando al pie de las gradas del presbiterio, tomó la linterna y se dispuso a hacer un auto de fe con aquellos fragmentos tallados de riquísimas labores, entre los que se veían, por aquí, parte de una columnilla salomónica, por allá, la imagen de un santo abad, el torso de una mujer o la disconforme cabeza de un grifo asomado entre hojarasca.

A los pocos minutos, una gran claridad que de improviso se derramó por todo el ámbito de la iglesia, anunció a los oficiales que había llegado la hora de comenzar el festín.

El capitán, que hacía los honores de su alojamiento con la misma ceremonia que hubiera hecho los de su casa, exclamó, dirigiéndose a los convidados:

—Si gustáis, pasaremos al *buffet*.

Sus camaradas, afectando la mayor gravedad, respondieron a la invitación con un cómico saludo, y se encaminaron a la capilla mayor precedidos del héroe de la fiesta, que al llegar a la escalinata se detuvo un instante, y extendiendo la mano en dirección al sitio que ocupaba la tumba, les dijo con la finura más exquisita:

—Tengo el placer de presentaros a la dama de mis pensamientos. Creo que convendreis conmigo en que no he exagerado su belleza.

Los oficiales volvieron los ojos al punto que les señalaba su amigo, y una exclamación de asombro se escapó involuntariamente de todos los labios.

En el fondo de una arco sepulcral revestido de mármoles negros, arrodillada delante de un reclinatorio con las manos juntas y la cara vuelta hacia el altar, vieron, en efecto, la imagen de una mujer tan bella que jamás salió otra igual de manos de un escultor, ni el deseo pudo pintarla en la fantasía más soberanamente hermosa.

—¡En verdad que es un ángel! —exclamó uno de ellos.

—¡Lástima que sea de mármol! —añadió otro.

—No hay duda que aunque no sea más que la ilusión de hallarse junto a una mujer de este calibre, es lo suficiente para no pegar los ojos en toda la noche.

—¿Y no sabéis quién es ella? —preguntaron algunos de los que contemplaban la estatua al capitán, que sonreía satisfecho de su triunfo.

—Recordando un poco del latín que en mi niñez supe, he conseguido, a duras penas, descifrar la inscripción de la tumba —contestó el interpelado;— a lo que he podido colegir, pertenece a un título de Castilla, famoso guerrero que hizo la campaña con el Gran Capitán. Su nombre lo he olvidado; mas su esposa, que es la que veis, se llama doña Elvira de Castañeda, y por mi fe que si la copia se parece al original, debió ser la mujer más notable de su siglo.

Después de estas breves explicaciones, los convidados, que no perdían de vista al principal objeto de la reunión, procedieron a destapar algunas de las botellas, y sentándose alrededor de la lumbre, empezó a andar el vino a la ronda.

A medida que las libaciones se hacían más numerosas y frecuentes, y el vapor del espumoso *champagne* comenzaba a transtornar las cabezas, crecían la animación, el ruido y la algazara de los jóvenes, de los cuales éstos arrojaban a los monjes de granito adosados en los pilares los cascos de las botellas vacías, y aquéllos cantaban a toda voz canciones báquicas y escandalosas, mientras los de más allá prorrumpían en carcajadas, batían las palmas en señal de aplausos o disputaban entre sí con blasfemias y juramentos.

El capitán bebía en silencio como un deseperado y sin apartar los ojos de la estatua de doña Elvira.

Iluminada por el rojizo resplandor de la hoguera y a través del confuso velo que la embriaguez había puesto delante de su vista, parecíale que la marmórea imagen se transformaba a veces en una mujer real; parecíale que entreabría los labios como murmurando una oración; que se alzaba su pecho como oprimido y sollozante; que cruzaba las manos con más fuerza; que sus mejillas se coloreaban, en fin como si se ruborizase ante aquel sacrílego y repugnante espectáculo.

Los oficiales, que advirtieron la taciturna tristeza de su camarada, le sacaron del éxtasis en que se encontraba sumergido, y presentándole una copa, exclamaron en coro:

—¡Vamos, brindad vos, que sois el único que no lo ha hecho en toda la noche!

El joven tomó la copa, y poniendose en pie y alzándola en alto, dijo encarándose con la estatua del guerrero arrodillado junto a doña Elvira:

—¡Brindo por el emperador, y brindo por la fortuna de sus armas, merced a las cuales hemos podido venir hasta el fondo de Castilla a cortejarle su mujer, en su misma tumba, a un vencedor de Ceriñola!

Los militares acogieron el brindis con una salva de aplausos, y el capitán, balanceándose, dio algunos pasos hacia el sepulcro.

—No... —prosiguió dirigiéndose siempre a la estatua del guerrero, y con esa sonrisa estúpida de la embriaguez—, no creas que te tengo rencor alguno porque vea en ti un rival... al contrario, te admiro como un marido paciente, ejemplo de longanimidad y mansedumbre, y a mi vez quiero también ser generoso. Tú serías bebedor a fuer de soldado... no se ha de decir que te he dejado morir de sed, viéndonos vaciar veinte botellas... ¡toma!

Y esto diciendo, llevóse la copa a los labios, y después de humedecérselos con el licor que contenía le arrojó el resto a la cara, prorrumpiendo en una carcajada estrepitosa al ver cómo caía el vino sobre la tumba goteando de las barbas de piedra del inmóvil guerrero.

—¡Capitán! —exclamó en aquel punto uno de sus camaradas en tono de zumba—, cuidado con lo que hacéis mirad que esas bromas con la gente de piedra suelen costar caras... Acordaos de lo que aconteció a los húsares del 5º en el monasterio de Poblet... Los guerreros del claustro dicen que pusieron mano una noche a sus espadas de granito y dieron que hacer a los que se entretenían en pintarles bigotes con carbón.

Los jóvenes acogieron con grandes carcajadas esta ocurrencia; pero el capitán, sin hacer caso de sus risas, continuó siempre fijo en la misma idea:

—¿Creéis que yo le hubiera dado el vino, a no saber que se tragaba al menos el que le cayese en la boca...? ¡Oh...!, ¡no!, yo no creo, como vosotros, que estas estatuas son un pedazo de mármol tan inerte hoy como el día en que lo arrancaron de la cantera. Indudablemente, el artista, que es casi un dios, da a su obra un soplo de vida que no logra hacer que ande y se mueva, pero que le infunde una vida incomprensible y extraña; vida que yo no me explico bien, pero que la siento, sobre todo cuando bebo un poco.

—¡Magnífico! —exclamaron sus camaradas—, bebe y prosigue.

El oficial bebió, y fijando los ojos en la imagen de doña Elvira, prosiguió con la exaltación creciente:

—¡Miradla...! ¡Miradla...!, ¿no veis esos cambiantes rojos de sus carnes mórbidas y transparentes...? ¿No parece que por debajo de esa ligera epidermis azulada y suave de alabastro circula un fluido de luz color de rosa...? ¿Queréis más realidad...?

—¡Oh!, sí, seguramente —dijo uno de los que le escuchaban—, quisiéramos que fuese de carne y hueso.

—¡Carne y hueso...! ¡Miseria, podredumbre...! —exclamó el capitán—. Yo he sentido en orgía arder mis labios y mi cabeza; yo he sentido este fuego que corre por las venas hirvientes como la lava de un volcán, cuyos vapores caliginosos turban y transtornan el cerebro y hacen ver visiones extrañas. Entonces el beso de esas mujeres materiales me quemaba como un hierro candente, y las apartaba de mí con disgusto, con horror, hasta con asco; porque entonces, como ahora, necesitaba un soplo de brisa del mar para mi frente calurosa, beber hielo y besar nieve...; nieve teñida de suave luz, nieve coloreada por un dorado rayo de sol...; una mujer blanca, hermosa y fría, como esa mujer de piedra que parece incitarme con su fantástica hermosura, que parece que oscila al compás de la llama, y me provoca entreabriendo sus labios y ofreciéndome un tesoro de amor... ¡Oh...! sí...; un beso..., sólo un beso tuyo podrá calmar el ardor que me consume.

—¡Capitán...! —exclamaron algunos de los oficiales al verle dirigirse hacia la estatua como fuera de sí, extraviada la vista y con pasos inseguros—, ¿qué locura vais a hacer?, ¡basta de bromas, y dejad en paz a los muertos!

El joven ni oyó siquiera las palabras de sus amigos, y tambaleando y como pudo llegó a la tumba y aproximóse a la estatua; pero al tenderle los brazos resonó un grito de horror en el templo. Arrojando sangre por ojos, boca y nariz, había caído desplomado y con la cara deshecha al pie del sepulcro.

Los oficiales, mudos y espantados, ni se atrevían a dar un paso para prestarle socorro.

En el momento en que su camarada intentó acercar sus labios ardientes a los de doña Elvira, habían visto al inmóvil guerrero levantar la mano y derribarle con una espantosa bofetada de su guante de piedra.

El niño que se fue con las hadas

Joseph Sheridan Le Fanu
(Dublín, 1814–1873)

De una próspera familia de origen hugonote, se educó en el Trinity College de su ciudad natal y terminó la carrera de leyes, pero nunca la ejerció y optó en cambio por el periodismo. Tuvo éxito: tras ingresar, en 1838, como colaborador en la *Dublin University Magazine* (en la que publicó su primer cuento: "El fantasma y el huesero") llegó a ser su director y hasta su propietario, y posteriormente fue dueño de varias otras publicaciones. Sin embargo, no dejó de publicar historias en su propia revista y varias otras. Con el tiempo, éstas lo convirtieron en el más famoso de los escritores de *ghost stories*, ese género tan rico de lo fantástico en lengua inglesa. Fue también, probablemente, el mejor, como lo reconocieron sus mismos contemporáneos; según Henry James, los anfitriones victorianos acostumbraban ofrecer algún libro de Sheridan Le Fanu a sus huéspedes, por si deseaban algo que leer en "las horas tras la medianoche".

En 1858, la muerte de su esposa, Susanna Bennett, lo condujo a recluirse en su casa y cortar casi todo contacto con el mundo exterior. Su actitud de misantropía le ganó el apodo de "El príncipe invisible"; sin embargo, durante este periodo escribió sus obras más importantes. Algunas de ellas son las novelas *La casa junto al camposanto* (1861) y *El tío Silas* (1864) y la colección de cuentos y novelas cortas *En un espejo a oscuras* (1872). De esta última proviene el que es hoy su texto más citado: *Carmilla*, una de las primeras historias modernas de vampiros e inspiración directa del *Drácula* de Bram Stoker.

"El niño que se fue con las hadas" ("The Child That Went With the Fairies") fue publicado en 1870 y recogido en una colección póstuma: *El fantasma de la señora Crowl* (1923).

Al este de la vieja ciudad de Limerick, a unos quince kilómetros de la cordillera conocida como los montes Slieveelim —famosos por haber servido como refugio a Sarsfield entre sus rocas y sus hondonadas, cuando los cruzó en su intrépido ataque contra el cañón y las municiones del rey Guillermo, camino de su sitiado ejército—, hay un estrecho y viejo sendero, el cual enlaza la carretera de Limerick a Tipperary con la antigua senda de Limerick a Dublín, por más de treinta kilómetros, y pasa por entre ciénagas y pastizales, colinas y hondonadas, aldeas y un castillo falto de techumbre.

Alrededor de los montes que acabo de mencionar, una parte resulta singularmente solitaria. A lo largo de casi cinco kilómetros se extiende un país desierto. Un pantano ancho y oscuro, liso como un lago, rodeado por bosquecillos, se extiende a la izquierda, cuando se viaja hacia el norte; mientras la larga e irregular línea de montañas se eleva a la derecha, envueltas en brumas, rotas por hileras de rocas grises que semejan fortificaciones de trazado quebradizo, y moteadas por intermitentes hondonadas, expandiéndose acá y acullá en rocosidades y cañadas arboladas, que se abren al aproximarse al sendero.

Unos pastos bastante escasos, en los que se aprecian algunas ovejas y corderos, flanquea este sendero solitario durante algunos kilómetros, y al amparo de un altozano y dos o tres añosos fresnos, se levantaba, no hace muchos años, la cabaña techada con paja de una viuda llamada Mary Ryan.

Pobre era la tal viuda en una tierra de pobreza. El techado había adquirido el tinte grisáceo y la forma curvada que demostraba hasta qué punto las alternancias de lluvia y sol habían influido en tan perecedero refugio.

Pero fueran cuales fueran los peligros que amenazaban a tan frágil construcción, había uno que se remontaba a tiempos muy antiguos. En torno a la cabaña crecían media docena de serbales, como llaman a estos árboles tan nefastos de las brujas. Para prevenir tal peligro, sobre las desgastadas planchas de la puerta habían clavado dos herraduras, y sobre el dintel y extendiéndose a lo largo de la techumbre, crecía en abundancia manojos, la antigua cura de muchas dolencias, profiláctico contra las maquinaciones del maligno: la siempreviva. Bajando hacia la entrada, en el umbral, cuando el ojo se acostumbraba lo suficiente a la menguada luz, se descubría, sobre la cabecera del jergón de la viuda, su rosario y una redoma llena de agua bendita.

Ciertamente, en la cabaña había defensas y baluartes contra la intrusión de ese poder maligno e inhumano, de cuya vecindad aquella solitaria familia tenía que acordarse siempre teniendo a la vista el Lisnavoura, el promontorio embrujado de la «buena gente», como llaman a las hadas eufemísticamente. Aquella extraña cumbre en forma de cúpula se levantaba a menos de un kilómetro de distancia, semejando una excrecencia de la larga línea de montañas que se alzan allí.

Sucedió a la caída de la hoja y en un crepúsculo otoñal que arrojaba las largas sombras del embrujado Lisnavoura, muy cerca de la parte delantera de la cabaña solitaria, sobre las ondulantes pendientes y laderas de la Slieveelim. Los pájaros cantaban entre las ramas escasamente pobladas con las hojas de los melancólicos fresnos que crecían al borde del camino, frente a la entrada de dicha cabaña. Los tres hijos menores de la viuda estaban jugando en el camino y sus voces se mezclaban con el canto de los pájaros en aquel atardecer. La hermana mayor, Nell, estaba "en casa", como decía ella, vigilando el perol donde hervían las papas de la cena.

Su madre había bajado al pantano, para después subir con un fardo de césped seco a la espalda. Es, o era al menos, una costumbre caritativa —y si no se ha acabado ojalá continúe por largo tiempo— que la gente más rica, al cortar su césped y apilarlo en el pantano, formara montones más pequeños para los pobres, que podían recogerlos mientras quedara alguno, y así el perol de las patatas pudiera seguir hirviendo y al hogar dar calor, pues de lo contrario habría estado helado en las noches invernales a no ser por aquella dádiva formada por el seco césped.

Mary Ryan trepó trabajosamente el empinado sendero, cuyas márgenes estaban llenas de espinos y zarzas, encorvada bajo su carga y entró en la cabaña, donde su hija de oscuro cabello, Nell, la liberó del fardo muy sonriente.

Mary Ryan miró a su alrededor con un suspiro de alivio y, secándose la frente, profirió una fuerte exclamación:

—¡Ay, caray! Dios bendito, qué cansada estoy, pero lo logré. ¿Dónde están los niños, Nell?

—Jugando en el sendero, mamá. ¿No los viste al subir?

—No, no había nadie frente a mí en el sendero —replicó la madre, casi jadeando—, ni un alma, Nell. ¿Por qué no les has echado alguna que otra ojeada?

—Bueno, estarán en el cercado, jugando allí, o detrás de la casa. ¿Les digo que vengan?

—Oh, sí, hija mía, por Dios. Las gallinas ya vuelven y el sol estaba ya sobre Knockdoulah cuando yo regresaba.

Nell, alta y de cabello oscuro, salió de la cabaña y, de pie en el sendero, miró de arriba abajo: ninguna señal de sus dos hermanos, Con y Bill, ni de su hermanita Peg. Los llamó pero ninguna respuesta vino proveniente del cercado de arbustos. Nell aguzó el oído, pero no logró captar las infantiles voces. Echó a correr, saltando la cerca y por detrás de la cabaña... pero todo estaba silencioso y desierto.

Bajó la mirada hacia el pantano, hasta donde alcanzaba su vista, y no vio a nadie. Volvió a escuchar... pero en vano. Al principio se enfadó, pero de pronto un sentimiento distinto se apoderó de ella, y palideció. Con un presentimiento indefinible, miró hacia el brezal que cubría el promontorio del Lisnavoura, que se iba oscureciendo con un tono púrpura contrastante con el llameante color del atardecer.

Volvió a escuchar con el corazón oprimido, pero solamente oyó el canto y el piar de los pájaros posados en los árboles cercanos. ¡Cuántas historias había escuchado, al calor de la lumbre, en invierno, de niños robados por las hadas al caer la noche en parajes solitarios! También sabía que este miedo era el que preocupaba a su madre.

Nadie del país reunía el ganado tan temprano como la asustada viuda, ni ninguna puerta de las "siete parroquias" quedaba tan bien cerrada como la suya.

Asustada como estaba toda la juventud en esa parte del mundo de los terribles y sutiles agentes, Nell los temía más que nadie, porque sus terrores se hallaban infectados y redoblados por el miedo de su madre. Ahora estaba llena de temores y mirando hacia el Lisnavoura; se persignaba una y otra vez y murmuraba oración tras oración. Se vio interrumpida por la voz de su madre desde el sendero, llamándola en voz alta. Nell respondió y corrió hacia la cabaña, donde halló a su madre esperándola a la puerta.

—¿Dónde demonios estarán esos niños? ¿No los has visto? —gritó la señora Ryan, cuando la muchacha pasaba la cerca.

—¡Ay, madre! Se habrán ido a jugar un poco más abajo. Volverán antes de un minuto. Son como cabras, brincando y corriendo por todas partes... y si por mí fuera, no se librarían de un buen castigo.

—Así Dios me perdone, Nell, los niños han desaparecido. Se los han llevado, y no hay nadie cerca de nosotras, y el padre Tom está a cinco kilómetros de distancia. ¿Y qué hago o a quién pido ayuda en una noche tan oscura? ¡Ay, Dios mío, Dios mío! ¡Los niños han desaparecido!

—Bueno, madre, cálmate... ¿no ves que ya vienen?

Y acto seguido empezó a proferir amenazas, agitando los brazos y llamando a gritos a los niños, que se iban aproximando por el sendero, el cual, cerca de la cabaña, formaba un recodo que los ocultó de la vista momentáneamente. Venían del lado oeste, desde la dirección que conducía al temible promontorio del Lisnavoura.

Pero sólo eran dos de ellos, y la más pequeña estaba llorando. Su madre y su hermana corrieron hacia ellos, más alarmadas que nunca.

—¿Dónde está Bill... dónde está? —gritó la madre, jadeando, tan pronto como los tuvo cerca.

—Ha desaparecido... se lo llevaron, pero dijeron que volvería —explicó el pequeño Con, el hijo con el cabello castaño oscuro.

—Se fue con las grandes señoras —balbuceó la niña.

—¿Qué señoras? ¿Adónde? ¡*Ay, Leum, Asthora*! Mi amor, ¿te has ido al fin? ¿Dónde estás? ¿Quién te ha raptado? ¿De qué señoras hablas tú? ¿Por dónde se marcharon? —gritó la madre desconsolada.

—No vi por donde se fueron, mamá. Me pareció que se iban al Lisnavoura.

Lanzando una dolorosa exclamación, la desdichada madre echó a correr hacia el promontorio, retorciéndose las manos y gritando el nombre de su hijo perdido.

Asustada, horrorizada y sin atreverse a imitar a su madre, Nell la siguió con la vista y de pronto estalló en sollozos, al tiempo que sus otros dos hermanos también empezaron a gritar y a llorar.

El ocaso se acercaba. Ya había pasado la hora en que todos los días solían estar en la cabaña con la puerta bien cerrada. Nell llevó a los dos niños al interior y los sentó junto al fuego alimentado por césped, mientras ella se quedaba en el umbral, con la puerta abierta, esperando muy asustada el regreso de su madre.

Fue al cabo de largo tiempo que la vieron. La buena mujer entró y tomó asiento frente al fuego, llorando como si el corazón se le fuera a partir.

—¿Atranco la puerta, mamá? —le preguntó Nell.

—Sí... Ya he perdido bastante esta noche por tener la puerta abierta. Pero antes échale agua bendita, y dámela luego para que me rocíe un poco yo misma y a los niños; y ahora me pregunto, Nell, ¿por qué dejaste salir a tus hermanos tan cerca del anochecer? Vamos, vengan ustedes, mis pequeños, y siéntense en mis rodillas, *Asthora*, abrácenme en nombre de Dios, y yo los abrazaré muy fuerte para que nadie pueda apartarlos de mí, y cuéntenmelo todo, cómo fue... el Señor entre nosotros y el mal... y cómo ocurrió y quién fue.

Y la puerta quedó bien atrancada, los dos niños, a veces hablando al mismo tiempo, a veces interrumpiéndose uno al otro, y a veces interrumpidos ambos por su madre, lograron contar la extraña historia, que será mejor que yo relate bien coordinada y en mi propio idioma.

Los tres hijos de la viuda Ryan estaban jugando, como dije, en el estrecho sendero que pasaba por delante de la cabaña. El pequeño Bill o Leum, de unos cinco años de edad, rubio el cabello y los ojos grandes y azules, era un niño muy guapo, con todo el semblante de una perfecta salud infantil y la mirada llena de esa ingenuidad que no es propia de los niños de la misma edad nacidos en una ciudad. Su hermanita Peg, apenas un año mayor, y su hermano Con, un poco más de un año mayor que ella, formaban el reducido grupo.

Bajo los corpulentos fresnos, cuyas últimas hojas iban cayendo a sus pies, a la luz del crepúsculo otoñal, estaban jugando con la fogosidad y la hilaridad de los niños rústicos, gritando todos a la vez, mientras estaban vueltos de cara al oeste, o sea al promontorio del Lisnavoura.

De repente, una voz algo ronca los llamó por detrás ordenándoles salir del sendero, y al volverse vieron algo extraño y sorprendente. Era un carruaje tirado por cuatro caballos que piafaban y relinchaban de impaciencia. Los niños se pusieron rápidamente de pie y se apartaron del sendero, casi delante de su cabaña.

El carruaje y todo su equipaje eran anticuados y suntuosos, siendo para los niños —que apenas habían visto nada más fino que los carros que acarreaban el césped, y una vez una silla de posta que pasó por allí procedente de Killaloe, un espectáculo totalmente deslumbrante.

Representaba el esplendor antiguo. Los arneses y demás arreos eran de color escarlata, con aplicaciones de oro. Los caballos eran grandes, blancos como la nieve, con crines muy largas y espesas, que agitaban al aire, pareciendo flotar y ondular a veces más largas, a veces más cortas, como volutas de humo. Las colas eran largas y estaban adornadas con lazos dorados y escarlatas. El coche también resplandecía con tonos dorados y galanuras. Iban en el coche cuatro lacayos con libreas de tonos alegres y sombreros de tres picos, como el del cochero, aunque éste llevaba asimismo una peluca como la de un juez, y los lacayos tenían el cabello rizado y empolvado, con una coleta gruesa, también adornada con un lazo que colgaba hasta la espalda de cada uno.

Todos estos sirvientes eran de estatura reducida, desproporcionados con el carruaje y los caballos, y sus facciones eran angulosas, con ojos pequeños, inquietos y feroces, y unas caras astutas y maliciosas que asustaron a los tres niños. El cochero enano sonreía malignamente, enseñando sus blancos colmillos bajo su sombrero de tres picos, y sus ojillos lanzaban destellos furiosos mientras blandía su látigo, dándole vueltas sobre las cabezas de los niños, hasta que aquella correa pareció una lengua de fuego bajo la puesta de sol, produciendo un sonido como los gritos de una legión de *fillapoueeks* en el aire.

—¡Deténgase la princesa en el camino! —gritó el cochero con una voz muy penetrante.

—¡Deténgase la princesa en el camino! —repitieron los lacayos por turnos, mirando malévolamente a los niños y rechinando los dientes.

Los niños, en efecto, estaban tan asustados que se quedaron boquiabiertos y palidecieron de pánico. Pero una voz dulce procedente de la abierta ventanilla del carruaje los tranquilizó, y frenó el ataque de los lacayos.

Una hermosa dama "de aspecto majestuoso" les estaba sonriendo, y los tres niños se sintieron muy contentos ante la extraña luminosidad de aquella sonrisa.

—El niño del cabello rubio, creo —musitó la dama, asestando sus grandes y maravillosamente claros ojos sobre el pequeño Leum.

Las partes superiores del carruaje eran casi por completo de cristal, por lo que los niños divisaron a otra señora dentro, que no les agradó tanto.

Era una mujer negra, con un cuello tremendamente largo y rodeado por varios collares de cuentas de vidrio de diversos colores, y en la cabeza llevaba una especie de turbante de seda, estriado con todos los colores del arco iris, y en cuyo centro lucía una estrella dorada.

Aquella negra tenía una cara tan demacrada casi como la de una muerta, con altos pómulos y ojos saltones, el blanco de los cuales, así como los dientes, contrastaban con el color oscuro de su tez; de pronto, tendió la vista por encima del hombro de la otra dama y le susurró algo al oído.

—Sí, el niño del cabello rubio, creo —repitió la dama.

Y su voz sonó suave como una campanilla de plata en los oídos de los tres niños, y su sonrisa los sedujo como la luz de una lámpara embrujada, cuando se inclinó por la ventanilla mirando al niño aludido con una mirada afable, y sus ojos eran tan atractivos que el pequeño Bill levantó la vista, sonrió a su vez con gran contento, y cuando ella se asomó y tendió sus enjoyados brazos hacia él, el niño alargó los suyos y los otros pequeños no supieron de qué modo se tocaron, pero sí oyeron estas palabras:

—Ven y dame un beso, cariño.

Y la dama lo levantó y él pareció ascender hacia ella tan ligero como una pluma, y la dama lo sostuvo en su regazo cubriéndole de besos.

No había nada malo en ello, y los otros dos niños se habrían sentido muy felices de haber podido estar en el sitio de su favorecido hermano menor. Sólo hubo una cosa desagradable, que los asustó un poco, y fue que la mujer negra que estaba dentro del coche como antes, se llevó a los labios un pañuelo de seda y oro que tenía entre sus dedos, y pareció introducirlo, pliegue a pliegue, en su espaciosa boca, según pensaron los niños para ahogar su risa, que parecía convulsionarla, con una alegría que no podía reprimir; pero sus ojos, que permanecían abiertos, mostraban una mirada más colérica de cuantas habían visto antes.

Sin embargo, la dama era tan bella que sólo tenía ojos para ella, mientras iba acariciando y besando al niño que tenía sobre sus rodillas; y de pronto, sonriéndoles a los otros dos niños, exhibió una manzana rojiza en sus manos, y el carruaje empezó a moverse lentamente, y con un gesto que les invitaba a coger la fruta, la dejó caer al sendero por la ventanilla; rodó un poco junto a las ruedas, los niños fueron siguiendo al vehículo, y la dama empezó a tirar una manzana y otra y otra... pero ellos no pudieron coger ninguna, pues lo mismo sucedió con las demás que la dama fue tirando, ya que una se colaba por un hoyo o en una zanja; y cada vez que los niños levantaban la vista veían a la dama arrojando más manzanas, y la persecución continuó hasta que, sin saber dónde estaban, se encontraron en una encrucijada, uno de cuyos caminos llevaba a Owney. Al parecer, las ruedas del carruaje y los cascos de los caballos iban levantando una espesa capa de polvo, que el viento convertía en una columna y que, a pesar de ser un día sumamente encalmado, envolvió a los niños por un momento y luego pasó girando hacia el Lisnavoura, con el carruaje en el centro del torbellino de polvo; pero de repente, el polvo empezó a disiparse, las ramillas y las hojas fueron cayendo al suelo, y los blancos caballos, los lacayos, el carruaje dorado, la dama y el hermanito de cabellos rubios... todo había desaparecido.

En aquel mismo instante, el borde superior de la clara puesta de sol desapareció por detrás del monte de Knockdoulah, y llegó el crepúsculo. Ambos niños sintieron la transición como un choque... y la vista de la redonda cumbre del Lisnavoura, que ahora parecía colgar sobre ellos, los sobrecogió con un nuevo temor.

Llamaron a grandes voces a su hermanito, pero sus gritos se perdieron en el aire. Al mismo tiempo, creyeron oír una voz hueca que les susurraba:

—Vuelvan a casa.

Miraron en torno pero no vieron a nadie; estaban asustados y, cogidos de la mano, la niña llorando a lágrima viva, y el niño blanco como la nieve por el miedo; trotaron hacia la cabaña, a toda marcha, para contar, como vimos, su extraña historia.

Mary Ryan no volvió a ver a su querido hijito. Pero algo del niño fue visto por sus compañeros de juegos.

A veces, cuando su madre se marchaba a vender una carga de heno y Nelly lavaba las patatas para la cena, o "aporreaba" las ropas en el riachuelo que discurría muy cerca, los dos hermanos pequeños veían la bonita cara del pequeño Bill atisbando desde la puerta, sonriéndoles silenciosamente, y cuando ellos corrían a abrazarlo lanzando gritos de deleite, el niño retrocedía, sin dejar de sonreír, y cuando los dos llegaban a la puerta, Bill había desaparecido, sin que pudieran hallar de él el menor rastro.

Esto sucedía a menudo, con ligeras variaciones en las circunstancias de la visita. En ocasiones, los miraba por largo tiempo; en otras, por unos segundos solamente; a veces, los llamaba con su manita, con un dedo curvado, pero siempre sonreía con la misma mirada y el mismo silencio... y siempre desaparecía antes de que ellos llegaran a la puerta. Gradualmente, las visitas se fueron espaciando y al cabo de ocho meses cesaron por completo, y el pequeño Billy, perdido irremediablemente, sólo quedó en su memoria como los muertos.

Una mañana ventosa, casi un año y medio después de su desaparición, cuando la madre se hubo ido a Limerick, casi al canto del gallo, para vender unas gallinas en el mercado, la niña menor, tendida junto a su hermana mayor que estaba completamente dormida, cuando empezaba a filtrarse por la ventana la luz del día, oyó cómo alguien movía el cerrojo suavemente y vio al pequeño Bill entrar y cerrar la puerta a sus espaldas. Ya había bastante luz para ver que iba descalzo y en harapos, muy pálido y hambriento. Se fue directamente hacia el hogar, se acercó mucho a las brasas del césped, se frotó lentamente las manos y pareció temblar de frío mientras avivaba aquellas brasas.

La niña se acercó a su hermana y susurró:

—Despierta, Nelly, despierta... Bill ha vuelto.

Nelly dormía profundamente, pero el pequeño Bill, cuyas manos estaban extendidas sobre las brasas reavivadas, se volvió y miró hacia el lecho, y la niña pequeña vio el reflejo del fuego en las delgadas mejillas de Bill cuando éste la miró fijamente. Luego, el niño se dirigió de puntillas a la puerta, y salió con la misma suavidad con que había entrado.

Después, el pequeño Bill nunca más fue visto por ninguno de sus parientes.

Los "doctores en hadas", como los que tratan de lo sobrenatural, que en tales casos son consultados, son así llamados, hicieron cuanto pudieron... pero en vano. Se presentó el padre Tom y procedió a ejecutar todos los ritos más sagrados, pero también sin resultado. De modo que el pequeño

Bill quedó muerto para su madre, para su hermano y para su hermana, y ninguna tumba recibió su cuerpo. Otras personas, amadas en vida, yacen en tierra sagrada, en el cementerio de Abington, con una lápida que señala el lugar en el que el superviviente puede arrodillarse y rezar por la paz del difunto. Pero ninguna señal indica el lugar donde el pequeño Bill se ocultó a los ojos de sus seres queridos, a menos que fuese en el viejo promontorio del Lisnavoura, que arrojaba su alargada sombra a la puesta de sol frente a la puerta de la cabaña, o que, blanco y tenue a la luz de la luna, en los años posteriores, atraiga la mirada de su hermano cuando éste regrese de una feria o de un mercado, y consiga de él un suspiro y una oración para el pequeño hermano que se perdió hace tanto tiempo, y que nunca más volvió a ser visto.

Un viaje celeste

Pedro Castera
(México, 1846-1906)

Se formó en los tiempos turbulentos de la Intervención y la Guerra de Reforma —fue soldado antes de cumplir los veinte años—, y luego se dedicó a probar suerte en la explotación de minas, viajando por numerosos estados de México. En 1872, de vuelta en la capital, colaboró en revistas y periódicos con poemas, cuentos y artículos científicos (al tiempo que ingresaba, según parece, en los nacientes círculos espiritistas que difundían en México las doctrinas y prácticas de Allan Kardec); pronto fue reconocido en el medio literario de la ciudad y en 1882 llegó a suceder a Ignacio Manuel Altamirano como director del periódico *La República*. Por desgracia, ese mismo año —en el que Castera publicó cinco libros simultáneamente, tuvo una intensa actividad política y se vio envuelto en el litigio de unas propiedades que habían pertenecido a su familia— sufrió un colapso nervioso que lo condujo a la demencia: en 1883 fue internado en el manicomio de San Hipólito, del que salió hasta 1889. Entonces comenzó un segundo periodo de copiosa producción literaria; sin embargo, en 1891 recayó en su mal y, refugiado en una casa que poseía en Tacubaya, no se tienen más noticias de él hasta el aviso de su muerte, luego de una enfermedad prolongada.

La fama póstuma de Castera pasa por dos etapas: primero, se le reconoció como el autor de *Carmen* (1882), la más importante novela sentimental escrita en México durante su siglo; posteriormente se le ha revalorado como autor fantástico. Desde este punto de vista se destaca, junto con la novela *Querens* (1890) y tal vez aún más que ella, "Un viaje celeste", que apareció publicado en 1872 en el semanario *El Domingo*. Otro libro importante de Castera es *Las minas y los mineros* (1882).

El hombre es el ciudadano del cielo
Flammarion

Mis ojos no podían desprenderse de esta línea, cuyos caracteres brillaban con mágica luz. Recordaba que Sócrates dijo: "El hombre es el ciudadano del mundo". Pero como esta raquítica esfera es impotente para calmar nuestras aspiraciones, el ilustre astrónomo ha procurado con su frase sublime nuestra legítima ambición. Es cierto que el cielo no basta para llenar el alma; pero el infinito es el velo con que se cubre Dios, y tarde o temprano el Supremo Ideal habrá satisfecho el anhelo constante de nuestro espíritu.

Mi absorción era completa; poco a poco iba olvidándolo todo; mis ojos fueron perdiendo la percepción; caí lentamente en una especie de sonambulismo espontáneo. Mis sentidos se entorpecieron, pero mi inteligencia no estaba embotada; con los ojos del alma lo veía todo, comprendía lo que me estaba pasando; pero aquel éxtasis, compuesto de no sé qué voluptuosidades extrañas, era tan dulce, había en él una mezcla tan indefinible de ideas, de delirios, de fruiciones desconocidas, que en lugar de resistirme, me dejaba arrastrar por aquella languidez llena de encanto y también de vida. ¡Oh, yo quisiera estar siempre así!

Mi alma se fue desprendiendo de mi cuerpo como si fuese un vapor, un éter, un perfume; la veía, es decir, me veía a mí mismo, como si estuviese formado de gasa o de crespón aparente, y sin embargo real, pero son todas aquellas ondulaciones, ligerezas y flexibilidades que tiene lo intangible.

Aquello era maravilloso; la sorpresa que me causaba mi nuevo estado no me dejaba ya lugar a la reflexión; mi pobre cuerpo yacía exánime, sin movimiento, en una postración absoluta. Comencé a creer que había muerto, pero de una manera tan dulce, tan bella, que no me arrepentía; antes bien estaba resuelto a principiar nuevamente. Algunos momentos después me hallaba convencido hasta la opresión de mi nuevo estado, y con una gratitud inmensa al Creador que había cortado con tanta dulzura el hilo de mi triste vida.

¡Cosa rara!, mi vista adquirió una penetración y un alcance admirables; las paredes de la habitación las veía transparentes como si fuesen de cristal; la materia toda diáfana, límpida, incolora y clara como el agua pura; veía infinidad de animalículos pequeñísimos habitándolo todo; los átomos flotantes del aire estaban poblados de seres; las moléculas más imperceptibles palpitaban bajo el soplo omnipotente de la vida y del amor... Mis demás sentidos se habían desarrollado en la misma proporción, y me sentía feliz, os lo aseguro; intensamente feliz.

Al verme dotado con tan bellas facultades, mi vacilación fue muy corta; levanté la mirada... y caí anonadado al contemplar la magnificencia de los cielos.

Oré un instante, y con la rapidez del pensamiento, me lancé a vagar por el bellísimo jardín de la creación. En mi estado normal veo a las estrellas, melancólicas pupilas, fijas sobre la tierra; rubíes, brillantes, topacios, esmeraldas y amatistas, incrustadas en un espléndido zafiro, pero entonces... ¡Oh!... entonces voy a referiros con más calma lo que vi.

Es preciso que ordene algo mis ideas.

Comenzaré, pues, por deciros que me bastaba pensar para que siguiese al pensamiento la más rápida ejecución, y por lo mismo, la idea que había tenido de ascender por los espacios me alejó de la Tierra a una distancia inmensa.

A lo lejos veía una esfera colosal (un millón quinientas mil veces mayor que la Tierra), incandescente como el ojo sangriento de una fiera, roja como el fuego; volaba con velocidad, arrastrando en aquella carrera una multitud de esferas, entre las cuales había algunas algo aplanadas por dos puntos, pero todas de mucho menores dimensiones, pues si hubieran podido reunirse no igualarían con su volumen al hermosísimo disco de fuego; a pesar de que se encontraban algo lejanas, las percibía con una claridad extraordinaria, capaz de permitirme examinar hasta sus menores detalles.

Figuraos mi asombro: aquella antorcha encendida enmedio de los cielos era nuestro Sol, y sus acompañantes, su familia de planetas.

Pero no era esto todo, no: lo que me dejaba mudo, absorto, enajenado, era que todas aquellas masas enormes eran ¡mundos!, más o menos semejantes al nuestro, pero todos ellos, sin excepción, *mundos habitados*.

Sí, sí, yo veía las manchas blancas de las nieves polares, las nubes cruzando sus atmósferas, las unas densas, cargadas de brumas, las otras purísimas y tenues, los mares brillaban como líquida plata, y los continentes parecían inmensas aves que se recostaban cansadas de volar.

Allí hay seres, me decía yo, seres humanos, habitantes, hombres tal vez, y ángeles como los que habitan la Tierra Son nombres de mujeres, porque si no fuera así, esos mundos serían horribles: allí hay humanidades como la nuestra, semejantes o más perfectas; allí estarán mis hermanas, mis padres, mi familia...

¡Oh, Dios mío, cómo a la vista de esos mundos se despliega tu soberana omnipotencia!

Entonces busqué a Júpiter, que de los planetas de nuestro sistema es el mayor y el más bello; la Tierra la veía como la 126ª parte del brillante astro, que me deslumbró por su hermosura; esto en cuanto a superficies.

Sus montañas tienen una inclinación muy suave, sus llanuras son perfectamente planas, los mares tranquilos; nada de nieve; la eterna primavera bordando sus campos, flores divinas embriagando con sus deliciosos aromas a esos felices habitantes, aves de pintados colores cruzando en todas direcciones, y cuatro magníficas lunas que deben producir en sus serenas y apacibles noches unos juegos de luz admirables.

Multitud de ciudades diseminadas sobre su superficie, pero por más que lo procuré no pude distinguir a los habitantes; tal vez serán de una belleza deslumbradora, que después me hubieran hecho despreciar a los de la Tierra, y por eso la Providencia me evitó el verlos. Júpiter es un mundo en el cual el dolor no es conocido, es un verdadero Edén.

Mercurio y Venus no llamaban mi atención, la Tierra me daba cólera por orgullosa, Marte tiene tantos cataclismos y cambios que tampoco me agradaba, los asteroides me parecían muy pequeños, olvidé a Saturno, a Urano, y después de mi hermoso Júpiter, mi futura patria, pensé en Neptuno, que según la mitología representa al dios de las aguas.

Aquello fue un salto peligroso; en menos de un segundo atravesé centenares de millones de leguas y me encontré a una distancia regular del astro que por hoy limita nuestro sistema. Entonces no comprendí muy bien lo que me pasaba: el Sol lo veía del tamaño de una lenteja, Saturno enorme, como de un volumen de setecientas treinta y cuatro veces mayor que la Tierra, y yo me hallaba en una penumbra indefinible.

La naturaleza, *como la obra de Dios*, es admirable; apenas pude distinguir que aquel mundo, como los otros, estaba habitado; pero previendo la lejanía del Sol, los seres que allí viven tienen la facultad de desprender luz, están rodeados de una aureola luminosa, tan bella, que fascinado no podía apartar de ellos mi vista embelesada con su contemplación.

Me fue imposible fijarme en más detalles, porque en un momento me sentí arrastrado por una fuerza extraña; observé lo que era: la cauda de un cometa me envolvía, me encontraba en la línea de atracción del astro errante, que sacudía su magnífica cabellera en la inmensidad.

El vehículo celeste era cómodo y bello; me dejé llevar sin oponer resistencia. La velocidad de mi tren expreso iba aumentando cada vez más; cruzábamos los abismos dejando a nuestros pies infinitas miríadas de mundos.

Repentinamente observé que una estrella doble, púrpura y oro, crecía a mi vista de una manera espantosa; en algunos segundos adquirió proporciones gigantescas, como de unas diez veces más que nuestro Sol; sentí una atmósfera de fuego, y abandonando a mi solitario compañero me lancé huyendo en dirección opuesta.

Os he dicho ya que volaba por los cielos con la velocidad del pensamiento; los soles de colores se multiplicaban a mi vista, ya rojos o violados, amarillos o verdes, blancos o azules, y alrededor de cada uno de ellos flotaban infinidad de mundos en los cuales palpitaba también la vida y el amor.

Yo seguía corriendo, volando con una rapidez vertiginosa, atravesaba las inmensas llanuras celestes bordadas de flores, me sentía arrastrado por lo invisible, y trémulo y palpitante, yo balbucía una oración.

Aquello no terminaba nunca, nunca... La alfombra de soles que Dios tiene a sus pies se prolongaba hasta lo infinito... si pasaron instantes o siglos, no lo sé; yo seguía con mayor velocidad que la luz, que la chispa eléctrica, que el pensamiento, y aquella magnífica contemplación seguía también... soles inmensos de todos colores, mundos colosos girando a su derredor, y todo..., todo lleno de vida, de seres, de almas que bendecían a Dios. Los soles cantando con su voz luminosa y los mundos elevando sus himnos formaban el concierto sublime, grandioso, divino de la armonía universal.

Atravesaba los desiertos del espacio cruzando de una nebulosa a otra; la extensión seguía; atravesaba multitud de vías lácteas en todas direcciones, y volaba... seguía... y la inmensidad seguía también.

Estaba jadeante, rendido, abrumado; oraba con fervor y me sentía arrastrar por una fuerza irresistible: los abismos, los espacios, las nebulosas, los soles y los mundos se sucedían sin interrupción, se mezclaban, se agitaban en turbiones armónicos sobre mi frente humillada, abatida ante tanta magnificencia, ante tan deslumbrante esplendidez. Yo estaba ciego, loco, casi no existía ya; pequeño átomo perdido en aquella inmensidad, apenas me atrevía a murmurar conmovido, temblando, admirado ante la manifestación divina de la Omnipotente Causa Creadora, ¡Dios mío! ¡Dios mío!

De pronto mi carrera cesó... Dios escuchaba al átomo.

Tardé algún tiempo en reponerme; perdido en la extensión sideral, busqué en vano la Tierra; nada, no se veía; quise encontrar nuestro Sol, pero imposible; tampoco lo veía.

Apenas allá a lo lejos, a una distancia incalculable, perdida en los abismos sin límite de la eternidad, pude ver nuestra Vía Láctea, que parecía una pequeña cinta de plata formando un círculo de dimensiones como el de una oblea, que volaba con una velocidad inapreciable en la profundidad divina de las regiones infinitas. Ligero y veloz me lancé hacia ella; pronto llegué, sin saber cómo; pero entre sus setenta millones de soles no podía encontrar el nuestro. Pensé entonces que con la velocidad de la luz tardaría *quince mil años* en dar una vuelta a nuestra pequeña Vía Láctea, y abrumado por aquel cálculo, sin poder comprenderlo, oprimido por semejante idea, me detuve lleno de terror. ¿Qué hacer? ¿Cómo hallar la miserable chispa que llamamos Sol? ¿Cómo encontrar la Tierra, átomo mezquino, molécula despreciable, excrecencia diminuta de aquel sol que no podía hallar por su pequeñez? ¡Oh! Entonces mi alma, desfallecida, ansiosa, anhelante, se dirigió a Dios.

¡Oh, tú, espléndido sol de los soles, Supremo Ideal de las almas, Espíritu de Luz y de Vida, Amor Infinito de la lnmensidad de la Creación, del Universo!...

¡Oh, Tú, mi Dios, vuélveme a mi átomo y perdona mi loco

orgullo; vuélveme a la Tierra, Dios mío, porque allí está todo lo que lloro perdido hoy aquí, allí está todo lo que yo amo!

Mi carrera comenzó de nuevo terrible, frenética, espantosa; sentía vértigo, un ansia atroz, algo como el frío de la muerte; corría, volaba y... en ese momento Manuel de Olaguíbel me sacudió fuertemente por el brazo; yo me encontraba sentado en mi escritorio, con el pelo algo quemado, las manos convulsas, multitud de papeles en desorden, y escritas las anteriores líneas.

—¿Qué tienes? —me dijo mi amigo.

—Nada —le contesté algo turbado todavía—; es que el cielo...

—Sí, el cielo... —me dijo riéndose— hace largo rato que te observo; tenías un verdadero delirio, gesticulabas, escribías; yo iba leyendo, pero me pareció prudente suspender esa carrera fantástica, por temor de que la terminases en un hospital de detentes.

—El cielo, el cielo —repetía yo maquinalmente.

—Sí —continuó—; el cielo es lo más bello que hay, por supuesto que es lo que nos manifiesta y enseña la Omnipotencia Suprema de Dios; tú en esas líneas dices poco de Él; pero, sin embargo, todas son verdades científicas, axiomáticas, irreductibles, que forman el patrimonio que el siglo impío deja al porvenir.

Salimos; el viento fresco de la noche calmó mi exaltación; pero por más que lo procuro, no puedo dejar de pensar que el Universo es la patria de la humanidad y el hombre el ciudadano del cielo.

Vera

Villiers de l'Isle-Adam
(Saint Brieuc, 1838-París, 1889)

Muchas veces conocido sólo por sus apellidos o por su título de conde, Jean Marie Mathias Philippe Auguste de Villiers de l'Isle Adam nació en una familia noble cuyo linaje se remontaba hasta el siglo XI, pero que se había empobrecido hasta la ruina en el siglo XIX, luego de aventuras y empresas dudosas. Sumido en la pobreza más terrible, en ocasiones debía —según las historias que nos han llegado de su vida diaria— escribir en el suelo a falta de papel, o usar una mezcla de agua y carbón en vez de tinta; por un tiempo, se dice también, tuvo que dedicarse a ser *sparring* en un gimnasio, donde se dejaba golpear por unos pocos francos. Sin embargo, su figura fue siempre popular y él mismo ganó fama de escritor visionario; así como criticaba la superficialidad y la estulticia de la sociedad de su tiempo, nunca dejó de proponer, en sus textos, una imaginación deslumbrante, nutrida a partes iguales de la tradición romántica, las ciencias ocultas —que florecieron en su tiempo— y el simbolismo. Las penalidades de su existencia le costaron enfermedades y una muerte relativamente temprana, a los cincuenta años, en un hospital de caridad; la leyenda de su persona y sus obras —en especial sus cuentos, entre los que se hallan varios inolvidables por sus imágenes y ambientes o por la perfección de sus tramas— se ha mantenido desde entonces.

Junto con sus colecciones de *Cuentos crueles* (1883) y

Nuevos cuentos crueles (1888), deben mencionarse sus novelas *La Eva futura* (1883) y *Tribulat Bonhomet* (1887), así como el drama *Axël* (1885-1886). "Vera" ("Véra") apareció por primera vez en la revista *Semaine Parisienne* en 1874, y luego pasó a formar parte de *Cuentos crueles.*

A la señora condesa d'Osmoy

La forma del cuerpo le es
más esencial que su sustancia.
La fisiología moderna

El amor es más poderoso que la muerte, dijo Salomón. Sí: su extraña fuerza no conoce límites.

Fue en París, en una tarde otoñal de estos últimos años. Los carruajes retrasados que venían del Bosque, ya iluminados, se dirigían hacia el barrio sombrío de Saint-Germain. Uno de los coches detuvo su marcha frente al portal de un enorme palacete señorial, rodeado de jardines antiguos. El arco lucía el escudo de piedra con las armas de la antigua familia de los condes de Athol: una estrella plateada en un campo de azur y la divisa *Pallida Victrix*[1] bajo una corona respaldada de armiño principesco. Las gruesas puertas se abrieron. Un hombre vestido de negro, de unos treinta y cinco años y rostro pálido como la muerte, descendió del coche. Taciturnos criados con antorchas lo aguardaban en la escalinata. Sin mirarlos, el hombre pisó el umbral y entró en la casa. Era el conde de Athol. Vacilante, subió las blancas escaleras que conducían al recinto donde, por la mañana, había colocado en un ataúd forrado de terciopelo, envuelto

---

1 "Pálida (pero) victoriosa", en latín. (N. de T.)

en olas de batista y violetas, el cuerpo de Vera, su dama de voluptuosidad, su pálida esposa, su desesperación.

Arriba, la puerta giró suavemente sobre la alfombra; el conde abrió las cortinas. Todas las cosas estaban en el mismo lugar en que, el día anterior, las había dejado la condesa. La Muerte había llegado súbitamente. La noche anterior, su bienamada se había desvanecido en goces tan profundos, se había perdido en tan exquisitos abrazos, que su corazón, quebrado por las delicias, había desfallecido. Bruscamente, sus labios se mojaron de un púrpura mortal. Apenas consiguió dar un último beso a su esposo, sonriendo en silencio. Luego, como negros crespones, las largas pestañas ocultaron la noche hermosa de sus ojos.

El día sin nombre había pasado ya.

A mediodía, el conde, tras la horrible ceremonia en el panteón familiar, recibió en el cementerio el pésame del cortejo negro. Después se metió solo, con la muerta, entre las cuatro paredes de mármol, y cerró tras de sí la puerta del mausoleo. El incienso ardía en un trípode ante el féretro; una corona de lámparas iluminaba la cabellera de la muerta y la llenaba de estrellas.

De pie, meditabundo, sintiendo tan sólo una ternura sin esperanzas, el conde permaneció allí durante todo el día. Hacia las seis, con el atardecer, abandonó el lugar sagrado. Cuando cerró el sepulcro, retiró la llave de plata del cerrojo y, de puntillas sobre el último escalón, la echó suavemente en las losas del interior de la tumba, a través del trébol que coronaba el portal. ¿Por qué lo hizo? Seguramente por una decisión misteriosa de no volver más.

Y ahora contemplaba la habitación viuda.

La ventana, bajo las amplias colgaduras de cachemira malva bordadas en oro, estaba abierta; un último rayo de sol iluminaba, en su marco de madera antigua, el gran retrato de la difunta. El conde miró a su alrededor: el vestido arrojado la víspera sobre un sillón; encima de la chimenea, las joyas, el collar de perlas, el abanico a medio cerrar, los frascos de perfume que *Ella* no volvería a aspirar. Sobre la cama de ébano y columnas salomónicas, todavía deshecha, podía verse entre los encajes la huella que la adorada y divina cabeza había dejado en la almohada. También vio el conde un pañuelo manchado de sangre, donde el alma de la joven se había estremecido, por un momento, antes de la muerte; el piano aún abierto y, sobre él, la partitura de una melodía ya por siempre inconclusa; las flores indias recogidas por ella en el invernadero, que se marchitaban en antiguos jarrones de Sajonia; y a los pies de la cama, sobre una piel negra, las pequeñas pantuflas de terciopelo de Oriente lucían, bordada con perlas, una risueña divisa de Vera: *Quien viera a Vera, a Vera amara.* ¡Apenas ayer los pies desnudos de la amada habían estado allí, jugando, besados por las plumas de cisne! Y allí, allí en la sombra, el reloj de péndulo, a quien el conde había destruido el mecanismo, para que no anunciara nuevas horas.

¡Así se había ido ella...! ¿A dónde...? ¿Podía él seguir viviendo...? ¿Para qué? Era imposible, absurdo.

El conde se abismaba en pensamientos extraños.

Soñaba con toda su vida pasada. Seis meses habían transcurrido desde la boda. ¿No había sido en el extranjero, en un baile de embajada, que la había visto por primera vez? Sí. El instante resucitaba claro ante sus ojos. Allí estaba ella, radiante. Esa noche sus miradas se encontraron. Se reconocieron, íntimamente, como seres de igual naturaleza, hechos para amarse eternamente.

Las charlas falaces, las miradas indiscretas, las maledicencias, todas las trabas que pone el mundo para retardar la dicha inevitable de quienes se pertenecen, habían desaparecido ante la tranquila certeza de que ambos eran, desde aquel instante, el uno del otro.

No bien se hubo fastidiado de quienes la rodeaban, cansada de sus insulsas ceremonias, Vera se había acercado a él, simplificando así magistralmente los trámites banales en que se pierde el tiempo precioso de la vida.

A las primeras palabras, las vanas apreciaciones de los otros, los indiferentes, les parecieron un vuelo de pájaros nocturnos que retornaban a las tinieblas. ¡Qué sonrisa intercambiaron! ¡Qué abrazo inefable!

No obstante, sus naturalezas eran, en verdad, de lo más extraño. Eran dos personas dotadas de sentidos extraordinarios, pero exclusivamente terrenales. En ellos las sensaciones se prolongaban con perturbadora intensidad. A fuerza de sentirlas se olvidaban de sí mismos. Y por contra, ciertas ideas, las del espíritu por ejemplo, las del infinito, y hasta la misma idea de Dios, estaban como veladas para su entendimiento. La fe de muchos en las cosas sobrenaturales era para ellos, tan sólo, el motivo de vagos asombros: una tema desconocido que no los preocupaba, pues no eran capaces de condenar ni de justificar. Así, reconociendo que el mundo les era ajeno, después de la unión se habían aislado en esa casa antigua y sombría, donde el espesor de los jardines amortiguaba el bullicio de afuera.

Allí, los dos amantes se hundieron en el océano de sus goces lánguidos y perversos, en los que el espíritu se une misteriosamente a la carne. Agotaron la violencia de los deseos, los estremecimientos y las ternuras frenéticas. Cada uno fue el latido del otro. En ellos el espíritu penetraba los cuerpos de tal modo que sus formas se les volvían *abstractas*, y los besos, mallas ardientes, los encadenaban en una fusión ideal. ¡Qué vasto deslumbramiento! Y de pronto el hechizo se rompía, el terrible accidente los separaba, sus brazos se desenlazaban. ¿Qué sombra le había quitado a su querida muerta? ¡Muerta! No. ¿Es que el alma de los violoncelos desaparece con el chasquido de una cuerda que se rompe?

Pasaron las horas.

El conde miraba, por la ventana, la noche que avanzaba por el cielo. Y la noche le parecía una persona: una reina melancólica que marchaba hacia el exilio. Venus era el prendedor de diamantes de su túnica de duelo: brillaba sola, por encima los árboles, perdida en el fondo del azul.

"Ahí está Vera", pensó él.

Y al pronunciar el nombre, en voz baja, tembló como si se despertara de un sueño. Después, levantándose, miró a su alrededor.

Los objetos del cuarto estaban iluminados por una luz, hasta entonces, imprecisa: la de una lamparilla que azulaba las tinieblas y que la noche, desde el firmamento, hacía aparecer aquí como otra estrella. La lamparilla alumbraba, entre aromas de incienso, un icono, reliquia familiar de Vera. El tríptico, hecho de antigua madera preciosa, se hallaba suspendido entre el espejo y el cuadro de su amada. Un reflejo dorado del interior caía vacilante sobre el collar, en medio de las joyas que estaban sobre la chimenea. El halo de la Madona de manto azul brillaba en tonos rosáceos junto a la cruz bizantina de trazos delgados y rojos que, esfumados en el reflejo, cubrían con un tinte de sangre el agua iluminada de las perlas. Desde la infancia, Vera se condolía, al mirarlo con sus grandes ojos, del rostro puro y maternal de la Virgen de sus antepasados; por desgracia, su temperamento sólo le permitía brindarle un amor supersticioso, que ella le ofrecía ingenuamente, a veces, cuando pasaba frente al velador.

El conde, tocado por el dolor de los recuerdos en lo más secreto del alma, se alzó, apagó la luz sagrada y, a tientas en la oscuridad, tomó el cordón con la mano y llamó.

Un sirviente apareció: era un anciano vestido de negro, con una lámpara que colocó delante del retrato de la condesa. Cuando se dio vuelta, sintió un escalofrío de temor supersticioso al ver que su amo estaba de pie y sonriendo, como si nada hubiera pasado.

—Raymond —dijo serenamente el conde—, *esta noche la condesa y yo estamos rendidos de fatiga*. Servirás la cena a las diez. Por cierto, hemos decidido que queremos estar más a solas desde mañana. Ninguno de los criados, salvo tú, pasará la noche en la casa. Les darás el sueldo de tres años y que se vayan. Después cerrarás la puerta de entrada y encenderás las luces de abajo, en el comedor. Tú nos bastarás. En adelante no recibiremos a ninguna persona.

El anciano temblaba mientras lo observaba atentamente.

El conde encendió un cigarro y bajó a los jardines.

Su servidor pensó primero que el dolor, de tan pesado, de tan desesperado, había enloquecido el espíritu de su amo; lo conocía desde la infancia. Al instante comprendió que un despertar intempestivo podía ser fatal para ese sonámbulo. Su deber, ante todo, era respetar aquel secreto.

Agachó la cabeza. ¿Debía ser cómplice devoto de aquel delirio religioso? ¿Obedecer? ¿Continuar sirviéndo*los* sin tomar en cuenta a la Muerte? ¡Qué idea extraña!... ¿Tan sólo duraría una noche?... ¡Mañana, mañana!... ¿Quién sabe? ¡Quizá!... ¡Después de todo era un proyecto sagrado! ¿Qué derecho tenía él para cuestionarlo?

Salió de la habitación, ejecutó las órdenes al pie de la letra, y desde esa noche comenzó la insólita existencia.

Se trataba de crear una ilusión terrible.

Pronto desapareció la turbación de los primeros días. Raymond, primero con estupor, luego con una suerte de deferencia y de ternura, se las había ingeniado tan bien para actuar con naturalidad que no habían pasado tres semanas cuando él mismo ya se sentía, por momentos, casi engañado por su buena voluntad. Su reticencia iba cediendo. A veces, como afectado por un vértigo, necesitaba repetirse que la condesa estaba positivamente muerta. Se entregaba a este juego fúnebre y a cada instante olvidaba la realidad. Pronto le hizo falta más de una reflexión para convencerse y volver a sus cabales. Entendió que finalmente se abandonaría por completo al magnetismo espantoso que los rodeaba. Tenía miedo, pero un miedo suave e indeciso.

¡El conde de Athol, en efecto, vivía del todo en la inconsciencia de la muerte de su amada! No podía sino siempre creerla presente: hasta ese punto la forma de la joven se había mezclado con la suya. Unas veces, en los días de sol, sentado en una banca en el jardín, leía en alta voz los poemas favoritos de ella; otras, de noche, ante el fuego, con dos tazas de té sobre la mesa, conversaba con la sonriente ilusión, sentada, según él, en el otro sillón.

Los días, las noches, las semanas pasaron. Ni conde ni sirviente sabían lo que estaban logrando. Ahora ocurrían fenómenos extraños, en los que era difícil distinguir el punto donde se unían lo real y lo imaginario. Una presencia flotaba en el aire; una forma se esforzaba por aparecer, por dibujarse en el espacio que se había vuelto indefinible.

El conde vivía *por dos*, como iluminado. Un rostro suave y pálido, entrevisto en un parpadeo como un relámpago; un débil acorde que sonaba bruscamente en el piano; un beso que le cerraba la boca cuando él iba a hablar; trazas de pensamiento *femenino* que se despertaban en él como respuesta a lo que decía; un desdoblamiento de sí mismo tal que sentía, como en una niebla fluida, el perfume suave y vertiginoso de su bienamada. Y de noche, entre el sueño y la vigilia, palabras escuchadas muy bajo. Todo le advertía. ¡Era, en fin, una negación de la muerte, elevada a una potencia desconocida!

Una vez, el conde la sintió y la vio tan claramente junto a él que la tomó entre sus brazos. Pero el movimiento la disipó.

—¡Niña! —murmuró él, sonriendo.

Y se volvió a dormir como un amante a quien se ha rehusado la querida, reidora y soñolienta.

El día de *su* fiesta, él puso en broma una siempreviva en el ramo de flores que dejó sobre la almohada de Vera.

—En vista de que se cree muerta —dijo.

Gracias a la profunda y todopoderosa voluntad del señor de Athol, quien a fuerza de amor daba vida y presencia a su mujer en la mansión solitaria, tal existencia había terminado por ganar un encanto sombrío y persuasivo. El mismo Raymond ya no sentía ningún temor, pues gradualmente se había habituado a aquellas impresiones.

Un vestido de terciopelo negro entrevisto al doblar una esquina; una voz alegre que lo llamaba en el salón; el sonar de la campanilla en la mañana, como en otros tiempos: todo se le había hecho familiar. Se hubiera dicho que la muerta jugaba a ser invisible, como una niña. ¡Se sentía tan querida! Era muy *natural*.

Un año pasó.

La tarde del Aniversario, el conde, sentado junto al fuego en la habitación de Vera, acababa de leerle un *fabliau*[2] florentino: *Calímaco*. Luego cerró el libro y, mientras servía el té, dijo:

—¿Te acuerdas, *dushka*,[3] del Valle de las Rosas, de la ribera del Lahn, del Castillo de las Cuatro Torres...? Esta historia te los recuerda, ¿no es verdad?

Se levantó y, en el espejo azulado, se vio más pálido que de costumbre. Tomó un brazalete de perlas de un alhajero y lo miró con atención. ¿Vera no se lo había quitado apenas del brazo, antes de desvestirse? Las perlas aún estaban tibias y su agua parecía suavizada, como por el calor de su carne. Y estaba el ópalo de aquel collar siberiano, que también amaba el bello seno de Vera hasta el punto de palidecer morbosamente en su red de oro, siempre que la joven olvidaba usarlo por un tiempo. La condesa amaba, por esto, a la piedra fiel... Y esta noche el ópalo brillaba como si ella apenas se lo hubiese quitado, como si el exquisito magnetismo de la muerta lo penetrara aún. Al dejar el collar y la piedra preciosa, el conde rozó sin querer el pañuelo de batista, ¡en el

---

2 Los *fabliaux* son breves narraciones humorísticas en verso, muchas veces de carácter erótico o de asunto vulgar y siempre escritas en un lenguaje popular; su origen es la propia Francia y se remontan a la Edad Media. (N. de T.)

3 En ruso, "querida". (N. de T.)

que las gotas de sangre estaban húmedas y rojas como claveles en la nieve...! Allá, sobre el piano, ¿quién había pasado la última página de la melodía de antaño? ¡Qué...! ¡La lamparilla sacra se había encendido en el relicario! ¡Sí, su llama dorada iluminaba con luz mística el rostro de ojos cerrados de la Madona! ¿Y esas flores orientales, nuevamente frescas, que se abrían en los viejos vasos de Sajonia? ¿Qué mano había venido a ponerlas? El cuarto parecía alegre y provisto de vida, de una forma más significativa y más intensa que de costumbre. ¡Pero ya nada podía sorprender al conde! Todo le parecía tan normal que ni siquiera prestó atención a que la hora sonaba en el reloj de péndulo, que había estado detenido por un año.

¡Esa noche, sin embargo, se hubiera dicho que, desde el fondo de las tinieblas, la condesa Vera se esforzaba adorablemente en regresar a su habitación, siempre impregnada de su presencia! ¡Tanto de sí misma había dejado allí! Todo cuanto había constituido su existencia la atraían. Su encanto flotaba allí; ¡las violencias constantes de la apasionada voluntad de su esposo debían haber desatado los tenues lazos de lo Invisible a su alrededor...!

Allí se la *necesitaba*. Todo lo que ella amaba estaba allí.

De seguro deseaba regresar a sonreírse de nuevo en el cristal misterioso, que tantas veces había reflejado su rostro blanco como un lirio. La dulce muerta, allá abajo, se había estremecido sin duda entre sus violetas, bajo las lámparas apagadas; la divina muerta había temblado, en el sepulcro, tan sola, al ver la llave de plata arrojada sobre las baldosas. ¡También ella quería volver con él! Y su voluntad se desvanecía en la idea del incienso y del aislamiento. La Muerte no es una circunstancia definitiva sino para quienes esperan el Cielo; pero ¿no eran los besos de él la Muerte, y el Cielo, y la Vida para ella? Y el beso solitario de su esposo atraía sus labios, en la sombra. Y el sonido de melodías pasadas, las palabras embriagadoras de antaño, las telas que cubrían su cuerpo y guardaban su perfume, las piedras mágicas que la *deseaban* con su misteriosa simpatía..., y sobre todo la inmensa y absoluta impresión de su presencia, esa opinión que las cosas mismas compartían, ¡todo la convocaba allí, la atraía desde tanto tiempo atrás, tan insensiblemente, que, curada ya de la durmiente Muerte, no faltaba sino *Ella misma*!

¡Ah! ¡Las Ideas son seres vivos...! El conde había vaciado en el aire la forma de su amor, y era preciso que ese vacío se llenara con el único ser que podía corresponderle: de lo contrario el universo se hubiera derrumbado. En ese momento se tuvo la impresión definitiva, simple, absoluta, de que *Ella tenía que estar ahí, en la habitación*. Él estaba tan tranquilamente seguro de esto como de su propia existencia, y todas las cosas que lo rodeaban se habían saturado de esta certidumbre. Y *como no faltaba sino la misma Vera,* tangible, evidente, ¡*era necesario que ella estuviese allí* y que el gran Sueño de la Vida y de la Muerte abriese sus puertas infinitas! El camino de la resurrección le había sido mostrado por medio de la fe. Una carcajada fresca y musical iluminó, con alegría, el lecho nupcial; el conde se volvió. Y allí, ante sus ojos, hecha de voluntad y de recuerdos, apoyada fluidamente en el almohadón de encajes, su mano recogiendo los negros cabellos, su boca deliciosamente entreabierta en una sonrisa de paradisíaca voluptuosidad, bella a morir... ella, la condesa Vera, lo miraba, aún algo adormecida.

—¡Roger...! —dijo, con una voz distante.

Él se le acercó. ¡Sus labios se unieron en un gozo divino..., olvidado de todo... inmortal...!

Entonces sintieron que no eran, en verdad, sino un solo ser.

Las horas rozaron, con su vuelo extraño, aquel éxtasis, en el que por vez primera se mezclaban la tierra y el cielo.

De pronto, el conde de Athol se estremeció, como golpeado por un recuerdo fatal.

—¡Ah! ¡Ahora recuerdo...! —dijo—. ¿Qué sucede? ¡Pero si tú estás muerta!

En ese mismo instante, con esa palabra, se extinguió la lámpara mística del icono. La pálida claridad de la mañana —de una mañana banal, grisácea y lluviosa— se filtró en la habitación por los intersticios del cortinado. Las velas languidecieron y se apagaron, para echar humo acre por sus mechas rojas; el fuego desapareció bajo un manto de cenizas tibias; las flores se marchitaron y se desecaron en pocos segundos; el péndulo del reloj recobró poco a poco su inmovilidad. La *certidumbre* de todos los objetos huyó súbitamente. El ópalo, muerto, no brillaba más; las manchas de sangre se coagularon también en el pañuelo, cercano a la piedra; y, borrándose entre los brazos desesperados que en vano querían estrecharla de nuevo, la ardiente y blanca visión volvió al aire y se perdió. Un tenue suspiro de adiós, nítido, lejano, alcanzó el alma de Roger. El conde se irguió: acababa de advertir que estaba solo. Su sueño acababa de esfumarse de un solo golpe; había roto el hilo magnético de la radiante trama con una sola palabra. La atmósfera era, ahora, la de los difuntos.

Como lágrimas de vidrio, agrupadas sin orden y sin embargo tan sólidas que es imposible romperlas por su parte más gruesa, pero que se deshacen en un polvo impalpable y súbito si se parten por el extremo, más fino que la punta de una aguja, todo se había desvanecido.

—¡Ah! —murmuró el conde—. ¡Es el final! ¡Se ha perdido...! ¡Y está sola...! ¿Cuál es la ruta, ahora, para llegar hasta ti? ¡Muéstrame un camino que me lleve hasta ti...!

De pronto, como una respuesta, un objeto brillante cayó del lecho nupcial a la piel negra en el piso, haciendo un ruido metálico; un rayo del espantoso día terrestre lo iluminó. El abandonado se inclinó, recogió el objeto y una sonrisa sublime le iluminó el rostro al reconocerlo: era la llave de la tumba.

Traducción de Alberto Chimal

Lo último que se supo del señor Ennismore

Mrs. J. H. Riddell
(Belfast, 1832-Londres, 1906)

Olvidada por cerca de un siglo, como casi todas las escritoras de *ghost stories*, hoy se le considera tan talentosa como Charles Maturin, Bram Stoker y el mismísimo Sheridan le Fanu. Su nombre era Charlotte Eliza Lawson Cowan; interesada en la literatura desde su infancia, y autora de cuentos desde la adolescencia, la quiebra de su esposo —el ingeniero civil Joseph Hadley Riddell— la llevó a convertirse en escritora profesional. Se ocultó primero tras seudónimos masculinos —para evitar que la discriminación de su época contra las escritoras le dificultara publicar— y sólo se decidió a usar el nombre de su esposo (y el título de "señora") cuando empezó a disfrutar de algún éxito.

A su muerte había publicado más de cuarenta novelas y una cantidad indeterminada de cuentos: algunos de ellos se recogieron en volúmenes como *Historias extrañas* (1882) e *Historias ociosas* (1888), pero muchos otros permanecen perdidos hasta hoy. Durante su carrera —que se detuvo a comienzos del siglo XX, cuando, ya enferma de cáncer, el mal se agravó de tal modo que le hizo imposible mantener el ritmo y la calidad de su trabajo— la señora Riddell fue aún más conocida por sus numerosas historias realistas —por ejemplo, *Austin Friars* (1872) o *El jefe de la compañía* (1892)— en las que destaca su capacidad de observación de personajes y lugares y su interés por el mundo del comercio.

Hasta donde sabemos, "Lo último que se supo del señor Ennismore" ("The Last of Squire Ennismore") no se había publicado en México. El cuento proviene de *Historias ociosas*, un libro hoy inencontrable que merecería ser rescatado con el resto de la obra de su autora.

—¿Que si yo mismo lo vi? No, señor; no lo vi; y mi padre, antes que yo, no lo vio, ni su padre antes que él, y él se llamaba Phil Regan, justo igual que yo. Pero con todo y eso, es verdad; tan verdad como que estás viendo el sitio mismo donde todo sucedió. Mi bisabuelo (y no murió sino hasta los noventa y ocho años) solía contar hace muchos, muchos años cómo conoció al extraño, noche tras noche, dando solitarios paseos por las arenas donde ocurrían la mayoría de los naufragios.

—Y entonces, ¿la vieja casa estaba detrás de ese cinturón de pinos escoceses?

—Sí; y también era una hermosa casa. Mi padre decía que, habiendo escuchado hablar tanto de ella cuando era niño, a menudo le hacía sentir como si conociera cada habitación del edificio, aun y cuando todo había quedado en ruinas antes de que él naciera. Nadie de la familia vivió ahí después de que el señor se hubo ido. Nadie más podía verse obligado a pararse en ese lugar. Solían escucharse terribles ruidos, como si algo fuese lanzado desde la parte superior de las escaleras hasta el vestíbulo; y después se escuchaba como si cientos de personas estuviesen chocando las copas y hablando todas al mismo tiempo. Más tarde parecía como si rodaran barriles por los sótanos; y se escuchaban chirridos, alaridos y risas que lograban hacer que tu sangre se helara. Dicen que hay oro escondido en los sótanos, pero nadie se ha atrevido nunca a buscarlo. Ni siquiera los niños vienen aquí a jugar y cuando los hombres están arando el campo que se encuentra en la parte trasera, nada los hace quedarse ahí una vez que el día comienza a cambiar. Cuando la noche comienza a caer y la marea se desliza por la arena, más de uno cree haber visto cosas sumamente extrañas en la playa.

—¿Pero qué es en realidad lo que creen ver? Cuando le pedí a mi arrendador que me contara la historia de principio a fin, me dijo que no podía recordarla y que, en todo caso, todos esos disparates eran una tontería, inventada para complacer a los extraños.

—¿Y qué es él mismo sino un extraño? ¿Y cómo puede conocer las actividades de la realeza como los Ennismore? Porque eran de clase acomodada, cada uno de ellos, buen linaje; en cuanto a maldad, podrías haber buscado por toda Irlanda y no hubieses encontrado una igual. Sin embargo, ten por seguro que si Riley no te puede contar la historia, yo sí, porque como dije, mi propia familia estuvo implicada, por así decirlo. De modo que, si su señoría descansa los pies sobre ese banco, yo bajaré mi nasa y le daré todos los detalles sobre cómo se fue de Ardwinsagh el señor Ennismore.

"Era un hermoso día de principios de junio y, cuando el inglés se arrojó sobre un arrecife de arena, observó la Bahía Ardwinsagh con una sensación de inefable alegría. A su izquierda se encontraba Punta Púrpura; a su derecha, una larga serie de rompientes que iban directamente hasta el Atlántico hasta perderse de vista; al frente estaba la Bahía de Ardwinsagh, con su agua verdeazul que brillaba a la luz del sol de verano y estrellándose aquí y allá sobre algunas rocas hundidas, contra las cuales las olas permanecían en forma de espuma.

"¿Ve usted cómo se mueve la corriente, señor? Eso es lo que hace peligroso, para aquellos que no conocen la costa, bañarse aquí en cualquier momento o caminar cuando la marea fluctúa. Observe cómo el mar se está acercando ahora, como un caballo de carreras cerca de la meta. Éste deja la lengua de bancos de arena atrás y entonces, antes de que pueda ver a su alrededor, ya lo tiene atrapado hasta la mitad. Por eso era muy importante para mí hablar con usted, ya que no se debe solamente al señor Ennismore que la bahía tenga un mal nombre. Sin embargo, es acerca de él y de la vieja casa de lo que quiere usted escuchar. El último ser mortal que trató de vivir en ella, decía mi bisabuelo, fue una criatura de nombre Molly Leary que no tenía ni parientes ni amigos y que se alimentaba de limosnas, protegiéndose por las noches en una cabaña que construyó atrás de una zanja. Puede estar seguro de que ella se sintió una doncella cuando el agente dijo: 'Sí, podría intentarlo si pudiera detenerse en la casa; hay un turbal y un pantano, media corona a la semana durante el invierno y una guinea de oro una vez durante la Pascua', cuando la casa debía ponerse en orden para la familia; su esposa le dio a Molly alguna ropa caliente y una o dos sábanas y estuvo bien instalada.

"Puede estar seguro de que ella no eligió la peor habitación para dormir; y durante un tiempo todo estuvo tranquilo, hasta que una noche se despertó al sentir que la cama se levantaba por los cuatro extremos y era sacudida como un tapete. Era una pesada cama con cuatro postes y con una cabecera sólida; y pareció como si fuese a morir de miedo. Si hubiese sido un barco en una tormenta fuera del Promontorio, no se hubiese inclinado peor, y entonces, repentinamente, cayó con tal estruendo, que casi se le salió el corazón por la boca.

"Pero eso, dijo, no era nada comparado con los gritos y las risas, con las patadas y los tropeles que llenaban la casa. Si cientos de personas hubiesen estado corriendo a lo largo de los pasillos y saltando por las escaleras, no hubiesen hecho más ruido.

"Molly nunca pudo decir cómo escapó del lugar, pero un hombre que llegaba tarde a casa desde Ballyclone Fair, encontró a la criatura encaramada debajo del viejo espino que está ahí, con muy pocas ropas —perdonando la presencia de su majestad. Tenía mucha fiebre y hablaba de cosas extrañas, y nunca más volvió a ser la misma.

—Pero, ¿cómo inició todo esto? ¿Cuándo fue la primera vez que se dijo que la casa estaba embrujada?

—Después de que el viejo señor se fue; eso es lo que he intentado decirle. Él no vivía aquí regularmente sino hasta que había entrado en años. Tenía casi setenta años en la época de la que le estoy platicando, pero se mantenía erguido como siempre y montaba como el más joven, y podría beber más que cualquiera en toda la habitación y subir a su cama tan campante al morir la noche.

"Era un hombre terrible. No podías mencionar una maldad que él no superara: beber, enfrentarse en duelos, apuestas... todas las formas de pecado habían sido para él carne y bebida desde que casi era un niño. Pero, finalmente, hizo algo tan terrible en Londres, más allá de lo extremo, que pensó que lo mejor sería venir a casa y vivir entre personas que no supieran tanto de sus andanzas como los ingleses. Se decía que quería intentar quedarse en este mundo para siempre y que tenía una gotas secretas que lo mantenían bien y vigoroso. De cualquier modo, había algo extraordinariamente extraño en él.

"Podía aguantarle el paso a los más jóvenes; era fuerte y tenía el rostro fresco y sus ojos eran como los de un halcón; su voz no se quebraba, ¡y ya estaba cerca de los setenta años!

"Al fin llegó el mes de marzo, antes de que cumpliera los setenta años —el peor mes de marzo de toda esta región—; semejante vendaval, marea y nieve no se había experimentado por el hombre, cuando una tempestuosa noche, un barco extranjero se hizo añicos en Punta Púrpura. Dicen que fue terrible escuchar el sonido de la muerte, el cual superaba el sonido del viento; y también lo fue ver la playa sembrada de cuerpos de todos tipos y tamaños, desde el cuerpo del pequeño chico de cabina hasta el del entrecano marinero.

"Nunca supieron quiénes eran o de dónde venían, pero algunos de los hombres portaban cruces, cuentas y cosas parecidas, de modo que el sacerdote dijo que le pertenecían, y todos fueron enterrados profunda y decentemente en el panteón de la capilla. Mucho de lo que se pierde cerca de la Punta se queda ahí; pero una cosa sí llegó a la bahía: una pipa de brandy.

"El señor la reclamó; era su derecho quedarse con todo lo que llegara a su tierra, y él era dueño de este litoral, desde la Punta hasta los rompientes, cada pie; de modo que, por consiguiente, se quedó con el brandy y hubo una profunda mala disposición porque no les dio nada a sus hombres, ni siquiera un vaso de whisky.

"Pues bien, para abreviar la historia, ese era el licor más maravilloso que jamás alguien hubiese probado. La gente bien acomodada venía de lejos y de cerca para compartirlo y era juego, bebida y charla noche tras noche, semana tras semana. ¡Incluso en domingos, Dios los perdone! Los oficiales conducían desde Ballyclone y se sentaban a vaciar vaso tras vaso hasta que llegaba la mañana del lunes, pues éste hacía un excelente ponche.

"Pero, de repente, la gente dejó de venir pues se esparció el rumor de que el licor no era lo que debía ser. Nadie pudo decir qué lo ocasionó, pero los hombres se dieron cuenta de que, de alguna manera, ya no les gustaba.

"Por alguna razón, perdían el dinero rápidamente.

"No podían contra la suerte del señor por lo que se propuso que la pipa debía ser arrojada al mar y hundida en sus profundidades.

"Llegaba el final de abril con un clima agradable y cálido para esa época del año, cuando primero uno y después otro, y otro, comenzaron a ver a un extraño que caminaba solo por la playa en las noches. Era un hombre de piel oscura, del mismo color que las personas que yacían en el cementerio de la capilla, llevaba anillos en sus oídos y usaba una extraña especie de sombrero, hacía maravillosas cabriolas y tenía una singular manera de caminar. Muchos trataron de hablarle, pero sólo meneaba la cabeza; de modo que, como nadie podía saber de dónde había venido o lo que quería, estaban seguros de que se trataba del espíritu de algún pobre despojo que deambulaba por la Punta, anhelando tener un cómodo rincón en la tierra bendita.

"El sacerdote fue y trató de sacar algo claro de él.

"—¿Es acaso un entierro cristiano lo que quieres? —le preguntó su reverencia; pero la criatura sólo meneaba la cabeza.

"—¿Es acaso algo que le quieres decir a las esposas y a las hijas a las que has dejado huérfanas y viudas? —pero no, no era eso.

"—¿Es acaso por un pecado cometido que estás condenado a caminar de esta manera? ¿Te confortarían las misas? Hay un pagano —dijo su reverencia—. ¿Alguna vez has oído hablar de un cristiano que meneaba la cabeza cada vez que se mencionaban las misas?

"—Quizá no entiende el inglés, Padre —dijo uno de los oficiales que estaba ahí—; inténtelo en latín.

"Dicho y hecho. El sacerdote comenzó a decir una serie de *ayes* y *paters*, entonces el extraño se levantó y corrió.

"—Es un espíritu maligno —explicó el sacerdote, cuando éste se detuvo, exhausto—, y yo lo he exorcizado.

"Pero a la noche siguiente, mi caballero volvía nuevamente, tan despreocupado como siempre.

"—Y simplemente tendrá que quedarse —dijo su reverencia—, porque sufro de lumbago en la parte estrecha de mi espalda y de dolores en todas mis coyunturas —sin hablar de la carraspera por estar ahí de pie, gritando—; y no creo que haya entendido una sola palabra de lo que dije.

"Pues bien, esto siguió así por un tiempo y las personas se asustaban tanto del hombre, o de la apariencia de hombre, que no se acercaban a la arena; hasta que al final, el señor

Ennismore, que siempre se había burlado de los rumores, se decidió a bajar una noche y ver lo que sucedía.

"Debe haberse sentido solo porque, tal y como le dije antes a su señoría, la gente se había ido a sus casas y no había nadie con quién beber.

"Allá va, entonces, tan valiente y tan atrevido; algunos lo siguieron. El hombre salió al encuentro del señor y se quitó el sombrero con un ademán extraño. Para no ser descortés, el señor levantó el suyo.

"—He venido, señor —dijo, hablando en voz alta para que le entendiera—, para saber si está usted buscando algo y si puedo ayudarle a encontrarlo.

"El hombre vio al señor como si le agradara y volvió a quitarse el sombrero.

"—¿Es acaso el barco que lo hizo naufragar lo que le preocupa?

"No hubo respuesta, tan sólo un triste meneo de cabeza.

"—Bueno, no tengo su barco, ¿sabe?, se hizo pedazos hace meses y, en cuanto a los marineros, se encuentran cómodos e ilesos en tierra santificada.

"El hombre se quedó de pie, mirando al señor con una extraña sonrisa en el rostro.

"—¿Qué es lo que desea? —le preguntó el señor Ennismore con cierta inquietud—. Si alguna pertenencia se hundió con el barco, entonces es en la Punta donde debe de buscarlo, no aquí, ¡a menos, ciertamente, que sea el brandy lo que usted reclama!

"En aquellos días el señor ya había intentado con el inglés y el francés y ahora hablaba un lenguaje que podría usted pensar que nadie comprendería, pero en verdad, al extraño le pareció tan natural como el besar.

"—¡Oh!, ¿de ahí proviene usted, no es así? —dijo el señor—. ¿Por qué no me lo dijo de inmediato? No puedo darle el brandy porque ya casi se ha terminado, pero venga y probará un vaso de ponche que jamás ha tocado sus labios.

"Y sin más, se alejaron, tan sociables como usted quiera, charlando en un lenguaje tan extraño, que hacía que las quijadas de la gente común dolieran al escucharlo.

"Esa fue la primera noche que conversaron, mas no la última. El extraño debe haber sido una excelente compañía, ya que el señor nunca se cansaba de él. Cada atardecer, por lo regular, venía a la casa, vestido de la misma manera, siempre sonriente y cortés, y entonces el señor pedía brandy y agua caliente y bebían y jugaban cartas hasta el canto del gallo, charlando y riendo hasta el amanecer.

"Esto continuó por semanas, sin que nadie supiera de dónde venía el hombre o hacia dónde iba; sólo dos cosas sabía la vieja doncella: que el ponche estaba a punto de terminarse y que el cuerpo del señor se estaba debilitando; ella se sentía tan inquieta, que fue a ver al sacerdote, pero éste no pudo brindarle ningún alivio.

"Finalmente se preocupó tanto, que se sintió obligada a escuchar detrás de la puerta del comedor; pero ellos siempre hablaban en esa extraña jerga y ella no podía decir si era un culto o una maldición lo que hacían.

"Pues bien, el desenlace llegó una noche de julio —en vísperas del cumpleaños del señor— ya no quedaba una sola gota del ponche —no, ni siquiera para ahogar a una mosca—. Se habían bebido todo y la anciana estaba temblando, esperando a cada minuto escuchar la campana pidiéndole más brandy porque ¿de dónde lo sacaría si querían más?

"De repente, el señor y el extraño salieron al vestíbulo. Era luna llena y alumbraba como el día.

"—Esta noche iré a casa contigo para variarle un poco —dijo el señor.

"—¿Lo harás? —preguntó el otro.

"—Así lo haré —contestó el señor.

"—Es tu decisión, ¿sabes?

"—Sí, es mi decisión; vayamos.

"Y entonces, se fueron. Y la doncella corrió hacia la ventana que daba a la escalinata y observó el camino que tomaron. Su sobrina vivía ahí como mucama y vino y observó también; después de un rato, también lo hizo el mayordomo. Todos observaron ese camino y vieron cómo su amo caminaba al lado del extraño a lo largo de estas mismas arenas. Pues bien, los vieron caminar y caminar y caminar hasta que el agua les llegaba a las rodillas, después a la cintura, después a las axilas, y después a la garganta y a la cabeza; pero antes de eso, las mujeres y el mayordomo corrían ya en la playa lo más rápido que podían, pidiendo auxilio.

—¿Y bien? —dijo el inglés.

—Vivo o muerto, el señor Ennismore nunca volvió. A la mañana siguiente, cuando la marea menguó nuevamente, alguien que caminaba sobre la arena vio la huella de una pezuña hendida: la siguió hasta la orilla del agua. Entonces, todos supieron a dónde se había ido el señor, y con quién.

—¿Habría servido de algo buscar?

—No mucho, supongo. De cualquier modo, es una extraña historia.

—Pero real, su señoría; cada palabra de ella.

—¡Oh!, no lo dudo —fue la grata respuesta.

Marcel Schwob
(Chaville, 1867-París, 1905)

Nacido en una familia de rabinos y médicos, considerado uno de los escritores más naturalmente talentosos de su tiempo, su vida no concuerda con la imagen de escritor "de culto", desconocido o aislado de su contemporáneos, que muchos tienen de él; por el contrario, estuvo fuertemente vinculado con varios autores y movimientos literarios, en especial —como Villiers de l'Isle-Adam— con el simbolista, de los más notables en el *fin de siècle* francés.

Sin embargo, además de la tuberculosis que le causó la muerte a pocos años de comenzada su carrera literaria, el caso Dreyfus —que marcó un auge del antisemitismo en Europa— y la persecución y encarcelamiento de Oscar Wilde, considerado emblema de los escritores "decadentes", le parecieron, como a otros, señal de que la época se volvía adversa a sus esfuerzos, y su producción nunca llegó a ser tan copiosa como lo anticipaban sus primeras publicaciones.

Olvidado en su propio país, en América Latina su influencia fue crucial durante todo el siglo XX, que lo recuperó por vía de algunos de nuestros escritores más relevantes: Juan José Arreola, Jorge Luis Borges y muchos otros imitaron la precisión de su lenguaje, su capacidad de sintetizar numerosos detalles y significados en textos muy breves y su interés constante e innovador en la historia, que para Schwob no era la relación de los grandes acontecimientos y los nombres eminentes, sino la indagación de las vidas de la gente común, como se ve en *El rey de la máscara de oro* (1892), *Vidas imaginarias* (1896) y *La cruzada de los niños* (1896), entre otros libros.

"El tren 081" ("Le train 081") se publicó en *Corazón doble* (1891), una colección temprana en la que hay varias narraciones excelentes de tema fantástico.

Aquí, en el bosquecillo desde donde escribo, el gran terror de mi vida me parece lejano. Soy un viejo jubilado que da descanso a las piernas sobre el césped de su casita; y a menudo me pregunto si soy realmente yo —el mismo yo— que cumplió el arduo servicio de maquinista de la línea París-Lyon-Marsella, y aún hoy me sorprende no haber muerto súbitamente, la noche del 22 de septiembre de 1865.

Desde luego que conozco ese servicio de París a Marsella. Podría llevar la máquina con los ojos cerrados por las bajadas y las subidas, por los cruces y los cambios de vía, por las bifurcaciones, las curvas y los puentes de hierro. De fogonero de tercera llegué a maquinista de primera, y el ascenso es bastante largo. De haber sido más instruido hubiera llegado a subjefe de almacén. Pero, claro, montado en una máquina uno se embrutece; se trabaja de noche y duerme de día. En nuestra época la movilización no estaba regulada, como ahora; los equipos de mecánicos no estaban capacitados: no teníamos un turno regular. ¿Cómo estudiar? Y sobre todo yo: hacía falta tener la cabeza bien puesta para resistir la sacudida que recibí.

Mi hermano, en cambio, optó por la marina. Trabajaba en cosas de máquinas de transportes. Entró antes de 1860, cuando la campaña de China. Y, acabada la guerra, no sé cómo, se quedó en ese país de amarillos, allá por una ciudad que llaman Cantón. Los ojos rasgados se lo quedaron para que les llevara las máquinas de vapor. En una carta suya que recibí en 1862, me contaba que se había casado, que tenía una hija. Quería mucho a mi hermano, y me apenaba no poder verlo más; y nuestros padres tampoco estaban nada contentos. Se encontraban demasiado solos, allí en su pequeña barraca, en el campo, yendo hacia Dijon; y con sus dos chicos fuera, pasaban el invierno durmiendo tristemente, a cabezaditas, junto al fuego.

Hacia el mes de mayo de 1865, empezaron a inquietarse en Marsella por lo que pasaba en Oriente Próximo. Los paquebotes que llegaban traían malas noticias del Mar Rojo. Decían que el cólera había estallado en La Meca. Los peregrinos morían a millares. Y luego la epidemia alcanzó Suez, Alejandría; saltó hasta Constantinopla. Sabían que era el cólera asiático: los navíos permanecían en cuarentena en el lazareto; todo el mundo vivía preso de un vago temor.

Yo no tenía grandes responsabilidades en el asunto; aun así debo decir que sí me atormentaba la idea de transportar la enfermedad. Sin duda, alcanzaría Marsella; llegaría a París en el expreso. En esos tiempos, no teníamos timbres de alarma para los pasajeros. Sé que ahora han instalado unos mecanismos bastante ingeniosos. Hay un dispositivo que acciona el freno automático, y al mismo tiempo se levanta perpendicularmente al vagón como una mano o placa blanca que sirve para indicar dónde está el peligro. Pero en aquel entonces no existía nada parecido. Y yo sabía que si un pasajero sucumbía a esa peste asiática, que te asfixia en una hora, moriría sin socorro alguno, y que yo llevaría su cadáver azul hasta París, hasta la estación de Lyon.

Empieza el mes de junio, y el cólera llega a Marsella. Decían que la gente moría como moscas. Se caían por la calle, en el puerto, donde fuera. Era un mal terrible; dos o tres convulsiones, un hipido ensangrentado, y se acabó. Ya desde el primer ataque te dejaba frío como un bloque de hielo; y las caras amoratadas de los muertos tenían ronchas del tamaño de una moneda de cinco francos. Los viajeros salían de la sala de fumigaciones con una nube de vapor fétido que les envolvía la ropa. Los agentes de la Compañía se mantenían alerta; y nosotros veíamos sumarse a nuestro triste oficio un motivo más de inquietud.

Pasaron julio, agosto, la mitad de septiembre; la ciudad presentaba un cuadro desolador, pero nosotros íbamos recobrando la confianza. En París nada hasta el momento. El día 22 de septiembre, tomo la máquina del tren número 180 con mi fogonero Graslepoix.

Por la noche, los viajeros duermen en sus respectivos vagones; en cambio, nuestro trabajo consiste en estar de guardia, en tener los ojos abiertos, a lo largo de todo el recorrido. Durante el día, para el sol, tenemos unas gafas en forma de caja encastradas en la gorra. Se llaman gafas *mistralianas*. El armazón de cristal azulado nos protege del polvo. Por la noche, nos las subimos sobre la frente; y con el pañuelo al cuello, las orejeras de la gorra bajadas y nuestros grandes tabardos, parecemos diablos montados en bestias de ojos rojos. La luz del fogón nos alumbra y nos calienta la barriga; el viento del norte nos corta las mejillas; la lluvia nos azota la cara. Y el miedo nos sacude las tripas hasta dejarnos sin aliento. Así, metidos en nuestro caparazón, forzamos la vista en la oscuridad para atisbar las señales rojas. No son pocos los veteranos de este oficio a los que el Rojo ha hecho enloquecer. Hasta el día de hoy, este color sigue sobrecogiéndome y me oprime con una angustia indecible. A menudo me despierto sobresaltado en plena noche, con un deslumbramiento rojo en los ojos: me quedo mirando la oscuridad, aterrorizado —me da la sensación de que todo se resquebraja a mi alrededor— y siento que de golpe se me sube la sangre a la cabeza; entonces me doy cuenta que estoy en mi cama, y me arrebujo con las sábanas.

Esa noche, estábamos completamente abatidos por el calor húmedo. Lloviznaba, unas gotas tibias; el compañero Graslepoix iba metiendo el carbón en el fogón a paletadas regulares; la locomotora se balanceaba y se inclinaba en las curvas pronunciadas. Íbamos a 65 kilómetros por hora, una buena velocidad. Estaba oscuro como el interior de un horno. A la una de la madrugada, habíamos pasado la estación de Nuits y nos dirigíamos a Dijon. Pensaba en nuestros padres, que debían de dormir tranquilamente, cuando de repente oí el soplido de una máquina en la doble vía. A la una de la madrugada no esperábamos, entre Nuits y Dijon, ni un tren de subida ni un tren de bajada.

—¿Qué es eso, Graslepoix? —digo al fogonero—. No podemos invertir el vapor.

—Tranquilo —dice Graslepoix—, viene por la doble vía. Podemos reducir la presión.

Si hubiéramos tenido un freno de aire comprimido, como los de hoy... entonces de repente, con un impulso inesperado, el tren de la doble vía alcanzó al nuestro y ambos avanzaron de costado. Se me ponen los pelos de punta con sólo pensarlo.

Estaba envuelto en una niebla rojiza. Los cobres de la máquina brillaban. El vapor surgía por encima de la campana silenciosamente. En la neblina se agitaban dos figuras negras sobre la plataforma. Estaban de cara y respondían a nuestros gestos. Llevábamos el número del tren escrito en una pizarra, con tiza: 180. Justo enfrente, en el mismo sitio, había un gran tablero blanco con cifras en negro: 081. La hilera de vagones se perdía en la noche, y todos los cristales de las cuatro portezuelas estaban oscuros.

—¡Mira por donde, esta sí que es buena! —dice Graslepoix—. Nunca hubiera dicho que... Espera, ahora verás.

Se agachó, cogió una buena paletada de carbón y la echó al fuego. Enfrente, una de los figuras negras hizo lo mismo y hundió su pala en el fogón. En la niebla roja, vi destacarse así la sombra de Graslepoix.

Entonces se hizo una extraña luz en mi cabeza, y todas las ideas se me esfumaron para dar paso a una imaginación extraordinaria. Levanté el brazo derecho, y el otro hombre negro levantó el suyo; le hice una señal con la cabeza, y él me respondió. Acto seguido le vi deslizarse hasta el estribo, y supe que yo hacía lo mismo. Recorrimos el tren en marcha y, ante nosotros, la portezuela del vagón A. A. F. 2551 se abrió sola. Mis ojos sólo se fijaron en el espectáculo de enfrente; y sin embargo tuve la clara sensación de que la misma escena se estaba produciendo en mi tren. En el vagón había un hombre acostado, con la cara cubierta con una tela blanca; una mujer y una niña, envueltas en sedas bordadas con flores amarillas y rojas, yacían inertes sobre los almohadones. Me vi ir hasta el hombre y destaparlo. Tenía el pecho desnudo. Unas ronchas azuladas le manchaban la piel; los dedos, crispados, estaban arrugados; las uñas, lívidas; tenía círculos azules alrededor de los ojos. Todo eso lo percibí con un solo vistazo, y también me di cuenta que el hombre que tenía delante era mi hermano y que había muerto de cólera.

Cuando recobré el sentido, estaba en la estación de Dijon. Graslepoix me humedecía la frente; y me ha insistido en repetidas ocasiones que no abandoné la máquina, pero yo sé que no fue así. En cuanto me desperté empecé a gritar: "De prisa, vayan al A. A. 2551!", y me arrastré hasta el vagón, y vi a mi hermano muerto como lo había visto antes. Los empleados se quedaron horrorizados. En la estación no se oyeron más que estas palabras: "¡El cólera azul!"

Entonces Graslepoix se ocupó de la mujer y la pequeña, cuyo desmayo no tenía otra causa que el miedo y, como nadie quería llevárselas, las acostó en la máquina, sobre el polvo suave del carbón, con sus vestidos de seda bordada.

Al día siguiente, el 23 de septiembre, el cólera se abatió sobre París, tras la llegada del expreso de Marsella.

La mujer de mi hermano es china; tiene los ojos almendrados y la piel amarilla. Me ha costado quererla: se me hace raro, una persona de otra raza. ¡Pero la niña se parecía tanto a mi hermano! Ahora que soy viejo y que las trepidaciones de las máquinas han hecho de mí un invalido, viven conmigo; vivimos tranquilos, sólo que nos acordamos de aquella terrible noche del 22 de septiembre de 1865, en la que el cólera azul llegó de Marsella a París en el tren 081.

Entre santos

Joaquim Maria Machado de Assis
(Río de Janeiro, 1839-1908)

De ascendencia africana y portuguesa, fue huérfano como Poe, se crió en la pobreza y empezó a trabajar desde la adolescencia. La mayor parte de su aprendizaje literario fue (por lo tanto) autodidacta, pero le permitió no sólo hacerse de una impresionante cultura, sino lograr un dominio del lenguaje y de las técnicas literarias más modernas que superaba por mucho al de sus contemporáneos. Aunque cercano a la escuela naturalista, e interesado fundamentalmente en las profundidades del alma y la naturaleza humanas en el contexto de la sociedad brasileña de su tiempo, sus historias recurren con cierta frecuencia a elementos de lo fantástico; éstos, en vez de distraer, llaman más la atención sobre las flaquezas, las debilidades y las pasiones de sus personajes, como se ve en su libro más famoso: la novela *Memorias póstumas de Blas Cubas* (1881), que es justamente la vida de un hombre contada por él mismo desde el más allá. Los hechos referidos se vuelven más tremendos, más dignos de atención y de compasión, al ser absolutamente irrevocables y parte de una historia ya contada, concluida para siempre.

En 1896, Machado de Assis contribuyó a la fundación de la Academia Brasileña de Letras, que presidió hasta su muerte. Entre sus otros libros destacan dos novelas más: *Quincas Borba* (1891) y *Don Casmurro* (1900), que en buena medida sientan las bases para lo mejor de la literatura brasileña del siglo XX. (Algunos críticos —entre quienes destaca Susan

Sontag— lo consideran el más grande escritor latinoamericano que haya existido, por encima de todos sus colegas de lengua portuguesa y española.)

"Entre santos" proviene del libro *Varias historias* (*Várias histórias,* 1896).

Cuando yo era capellán de San Francisco de Paula (contaba un viejo sacerdote) me ocurrió una aventura extraordinaria.

Vivía junto a la iglesia, y una noche en que me recogí tarde, siguiendo mi vieja costumbre, que tenía cuando tal hacía, fui a ver si las puertas del templo estaban bien cerradas. Lo estaban, en efecto, pero vi por las rendijas que había luz; acudí a buscar la ronda, pero no la hallé; volví atrás, y sin saber qué hacer me quedé en el atrio. Aunque la luz no era muy intensa, era demasiada para tratarse de ladrones, aparte de que noté que estaba fija, y no en movimiento y desigual, como suele ser la de personas que están robando. No pudiendo resistir la curiosidad, fui a casa a buscar las llaves de la sacristía (el sacristán había ido a pasar la noche a Niterol), hice la señal de la cruz, abrí la puerta y entré.

El corredor estaba oscuro. Llevaba una linterna conmigo y caminaba despacio, evitando el ruido de las pisadas. La primera y la segunda puerta que comunicaban con la iglesia estaban cerradas, pero se veía la misma luz, y por ventura más intensa que del lado de la calle. Abrí la tercera puerta, puse mi linterna en un poyo, cubierta con un lienzo, para que no me viesen, y atisbé.

Luego me detuve, pues me di cuenta de que venía sin armas, y de que para mi defensa no tenía otras cosa que mis dos manos. Aún pasaron algunos minutos. En la iglesia la luz era siempre la misma, una luz que no era amarilla, cual la de los cirios, sino de tono lechoso. Y también oí voces, que me confundieron más, pues no eran atropelladas o precipitadas, sino graves y claras, como en conversación. Nada comprendía de lo que decían, y en medio de esto me asaltó una idea que me hizo retroceder. Como en aquel tiempo los cadáveres eran encerrados en las iglesias, imaginé que la conversación podía ser de difuntos. Retrocedí algunos pasos, y sólo un rato más tarde pude reaccionar y volver a la puerta de la iglesia, diciéndome que tal idea era un disparate. La realidad me guardaba algo más asombroso que un diálogo entre muertos. Encomendéme a Dios, me santigüé de nuevo y eché a andar, escurriéndome junto a las paredes; entonces vi una cosa extraordinaria

Dos de los tres santos del otro lado, San José y San Miguel (de la derecha entrando por la puerta de enfrente), habían bajado de sus peanas y estaban sentados en sus altares, y no con sus propías dimensiones, sino con las humanas; hablaban hacía el lado de enfrente, donde estaban San Juan Bautista y San Francisco de Sales. No puedo describir lo que sentí. Durante un tiempo que no puedo calcular quedé inmóvil, sin darme cuenta de nada. Por cierto doy que anduve a dos pasos del abismo de la locura, y que no caí en él fue porque Dios se apiadó de mí; y puedo también afirmar que perdí la conciencia de toda realidad que no fuese aquella, tan nueva y única. Sólo así se explica la temeridad con que pasado algún tiempo me interné más en la iglesia, para mirar del lado opuesto, donde vi lo mismo: San Francisco de Sales y San Juan, fuera de sus peanas y sentados en los altares, hablando con los otros santos.

Tal fue mi estupefacción, que continuaron hablando, según creo, sin oír yo ni el rumor de sus voces. Poco a poco fui percibiéndolas, de donde deduzco que no habían interrumpido la conversación. Luego oí claras las palabras, pero desde luego no pude alcanzar su sentido. Uno de los santos, que volvió la cabeza hacia el altar mayor, me hizo comprender que San Francisco de Paula, patrono de la iglesia, había procedido como ellos y tomaba parte en la conversación. Las voces subían de tono, pero con todo se oía siempre bien. Pero si todo esto era para asombrar, no lo era menos la luz que no venía de parte alguna, pues los cirios estaban todos apagados: era como un resplandor que allí penetrase sin que se pudiera saber de dónde; y esta comparación es tanto más exacta, cuanto que sí se hubiese podido saber de dónde venía habría dejado lugares oscuros.

En aquellos momentos obraba automáticamente. La vida que viví durante todo este tiempo no se parece a la otra mía anterior ni posterior. Baste considerar que ante tan extraño espectáculo permanecí completamente tranquilo: perdí la reflexión, y apenas si podía oír y contemplar.

Comprendí luego que inventariaban y comentaban las oraciones que aquel día les habían sido dirigidas. Eran terribles psicólogos que se compenetraban con el alma y la vida de los fieles, las cuales desfibraban como los anatomistas a un cadáver. San Juan Bautista y San Francisco de Paula, ascetas austeros, se mostraban duros e intransigentes; por San Francisco de Sales oía o contaba las cosas con la misma sabia indulgencia que había presidido la elaboración de su famosa obra: *Introducción a la vida devota.*

Así, según el temperamento de cada uno, iban narrando o comentando casos de fe pura y sincera, de simulación, de indiferencia o de versatilidad; los dos ascetas se enojaban cada vez más, pero San Francisco de Sales recordábales el texto de la Escritura: *muchos son los llamados y pocos los escogidos*, queriendo significar que no todos los que iban a la iglesia habían de llevar puro el corazón. San Juan movía la cabeza.

—Te digo, Francisco de Sales, que como santo me voy creando sentimientos especiales, y que comienzo a desconfiar de los hombres.

—Exageras, Juan Bautista, y no conviene. Hoy mismo me ocurrió aquí una cosa que me hizo sonreír, y que a ti te habría indignado. Los hombres no son hoy peores que en otros siglos, y si se les quita lo que de malo tienen, mucho bueno quedará. Oye mi caso, que a fe que has de sonreír.

—¿Yo?

—Tú, Juan Bautista, y también tú, Francisco de Paula, y todos ustedes, como yo, que ya pedí al Señor y de él alcancé lo que esa persona me pedía.

—¿Qué persona?

—Una más interesante que tu escribano José, o que tu filósofo, Miguel.

—Puede ser, pero no llegará a la adúltera que a mis pies vino a postrarse hoy —dijo San José—. Venía a pedirme que le limpiase el corazón de la lepra de la lujuria. Acababa de reñir con su amante, y había pasado la noche en lágrimas. Comenzó rezando bien, cordialmente, pero poco a poco vi que su pensamiento la abandonaba para remontar a los primeros deleites. Paralelamente quedaban sin vida sus palabras; ya su oración era pesada, luego fue fría, inconsciente; los labios rezaban, y su alma, que yo espiaba desde aquí, ya estaba con el otro. Al final se persignó, se levantó y se fue, sin pedir nada.

—Mejor es mi caso.

—¿Mejor? —preguntó San José con curiosidad.

—Mejor, y no es triste, como el de esa pobre alma esclava de la carne, que aún Dios podrá salvar, a contarlo voy.

Callaron todos, y en espectación inclinaron sus cabezas. Yo tuve entonces miedo, temiendo que los santos viesen algún pecado o germen en pecado en el fondo de mi alma. Pero pronto salí de ese estado. San Francisco de Sales comenzó a hablar:

—Mi hombre tiene cincuenta años, y su mujer está en cama, con una erisipela en la pierna izquierda. Hace cinco días que vive en aflicción porque el mal se agrava y la ciencia no responde de la cura. Y véase lo que puede un prejuicio público. Nadie cree en el dolor de Sales (que mi nombre lleva) y nadie cree que él ame otra cosa que el dinero; por lo que cuando su aflicción fue conocida le cayó arriba todo un aguacero de motes e invectivas, no faltando quien asegurase que lo que hacía era llorar anticipadamente por los gastos de entierro y sepultura.

—Bien pudiera ser que sí —arguyó San Juan.

—Que es usurero y avaro, no lo niego; usurero como la vida y avaro como la muerte; nadie extrajo nunca tan implacablemente de la faltriquera de los otros el oro, la plata, el papel y el cobre. Nadie amó tanto el dinero, y moneda que en sus manos cae, difícilmente vuelve a ver la luz del día. Lo que le sobra de sus casas lo tiene en un arca de hierro que cierran siete llaves. A veces la abre, contempla su dinero un momento, y vuelve a cerrarlo de prisa.

"Esas noches no duerme. La vida que lleva es sórdida. Come poco y ruin, lo indispensable para no morir. Su familia se compone de su mujer y una esclava negra comprada hace muchos años, a escondidas porque era de contrabando. Dice que ni siquiera la pagó, porque el vendedor falleció luego sin dejar nada escrito. La otra negra murió poco tiempo después, y aquí veréis este hombre tiene o no el genio de la economía. Sales libertó el cadáver...

(Y aquí el santo obispo hizo una pausa para saborear el espanto de los otros.)

—¿El cadáver?

—Sí, el cadáver lo hizo enterrar como persona libre y pobre para no pagar su sepultura. Poco y en buena hora es algo; y para él nada es poco, pues con restos de agua, piensa, se riegan las calles. Ningún deseo de figurar, ningún gusto noble: todo eso cuesta dinero, y a él las monedas no le caen del cielo. Pocos amigos y nunca un entretenimiento en casa. Oye y cuenta anécdotas de la vida de otros, que es regalo gratuito.

—Compréndese el público pensar —dijo San Miguel.

—No digo que no, porque la gente no ve sino la superficie de las cosas. El mundo no ve que además de ser excelente mujer de su casa, educada por él durante más de veinte años, la mujer de Sales es muy amada por su marido. No te asuste, Miguel, el saber que en aquel áspero muro brotó una flor, sin color ni olor, pero flor al fin. La botánica sentimental tiene anomalías de esas. Sales ama a su esposa, y lo asusta y lo hace desvariar la idea de que va a perderla. Hoy, temprano vino a contarme sus penas; desesperado de la tierra vino a acudir al cielo; pensó en nosotros, y especialmente en mí, que soy el santo de su nombre. Vino corriendo sólo en pos del milagro que podía salvarla, con los ojos brillantes de esperanza; podía ser la luz de la fe, pero me parece que era otra cosa que voy a referir; presten la mayor atención.

Vi los bustos que se inclinaban aún más; a mí me fue imposible evitar un movimiento y di otro paso hacia adelante. La narración del santo fue tan larga y de tan complicado análisis, que no la transcribo en su integridad, sino en sustancia.

—Cuando Sales se decidió a venir para interceder por su esposa, tuvo una idea de usurero, la de ofrecerme una pierna de cera. No era el creyente que simboliza así el agradecimiento por el favor recibido, sino el usurero que con la esperanza de lucro creyó tentar la gracia divina. Y no fue sólo la usura lo que lo inspiró, sino también la avaricia, porque disponiéndose a cumplir la promesa mostraba querer de veras la salud de su mujer, porque un avaro piensa que sólo se paga con dinero aquello que en verdad se aprecia. Saben que pensamientos como éste no se exteriorizan, sino que quedan en lo íntimo, pero yo leí todo en su conciencia, al verlo entrar con esperanza, y esperé a que acabase santiguarse y rezar.

—Por lo menos tiene alguna religión —dijo San José.

—Alguna sí, pero vaga y económica. No entró nunca en hermandades u órdenes terceras, porque en ellas se roba lo que pertenece al Señor, como dice él para conciliar la devoción con su bolsillo. Pero no se puede creer todo, y es cierto que teme a Dios y cree en su doctrina.

—Bueno, se persignó y rezó.

—Rezó, y yo veía su pobre alma, en que la esperanza se trocaba en certeza intuitiva. Dios tenía forzosamente que salvar a la doliente ante mi intercesión, y yo había de interceder; así pensaba mientras rezaba. Y luego siguió hablando; para confesar que ninguna otra mano más que la del Señor podía atajar el golpe. Su mujer iba a morir... iba a morir... a morir. Y repetía la palabra sin salir de ella. Cuando fue a formular la promesa no podía: no hallaba vocablos ni siquiera aproximados, por la falta de costumbre que de dar tenía. Al final salió la petición: su mujer se moría y me rogaba que intercediese por su salvación; pero la promesa no salía, pues desde que su boca iba a pronunciar la primera palabra, pero la garra de la avaricia se lo impedía. Que la salvase... que intercediese por ella.

"Ante los ojos tenía la pierna de cera y la moneda que le iba a costar. Luego no vio la pierna, sino sólo la moneda, de oro puro, mejor que los dos candelabros de mi altar, que no son sino dorados. Adonde quiera que se volviera la veía, girando en torno suyo, y con los ojos la palpaba, recibiendo la sensación fría del metal y hasta dándose cuenta del relieve del cuño. Era la misma; la vieja amiga de sus años, compañera suya día y noche.

"La súplica de sus ojos era ahora más intensa y puramente voluntaria; los vi alargarse hacia mí; lleno de contrición, humillación y desamparo. Y su boca decía palabras sueltas —Dios, ángeles del Señor, llagas benditas—, palabras lacrimosas y trémulas, como para pintar con ellas la sinceridad de su fe y la inmensidad de su dolor. Lo único que no salía era la promesa de la pierna. A veces, ante el horror que le causaba la idea de la muerte de su mujer, esta a punto de formularla, pero la moneda de oro se interponía, hundiéndose en su corazón.

"Pasaba el tiempo, y la alucinación crecía, porque la moneda multiplicaba sus saltos pareciendo infinidad de ellas, haciéndose así el conflicto más trágico. De repente, la idea de que su mujer podía estar expirando le heló la sangre, y quiso precipitarse. Podía estar expirando, y me pedía que la salvase...

"Aquí el demonio de la avaricia le sugirió un pensamiento: que el valor de la oración es superior al de las cosas terrenas, y con las manos sobre el pecho, contrito y suplicante me pedía que salvase a su mujer, que él me rezaría trescientos (¡nada menos!), trescientos Padrenuestros y trescientas Avemarías. Y enfático repitió: trescientos, trescientos, trescientos... Luego fue subiendo hasta quinientos... hasta mil. Y no veía la cifra escrita con letras, sino con guarismos, como para que fuese más exacta y precisa. Mil Padrenuestros y mil Avemarías. Volvieron las palabras lacrimosas y trémulas, las benditas llagas y los Santos ángeles del Señor... 1000, 1000, 1000. Tanto crecieron las cuatro cifras que llenaron la iglesia, y con ellas crecían el esfuerzo y la confianza de mi hombre; al fin la palabra le salía más rápida, impetuosa... mil... mil, mil, mil, mil... Vamos; ya pueden reír a sus anchas.

Así terminó San Francisco de Sales.

Y rieron los otros santos, pero no con las homéricas carcajadas de los dioses cuando vieron a Vulcano servir la mesa, sino con risa modesta, tranquila, beata, católica.

Luego no pude oír nada más: caí de bruces. Cuando volví en mí era de día... Corrí a abrir puertas y ventanas de iglesia y sacristía para que entrase el sol, mortal enemigo de los malos sueños.

El país en que la lluvia era luminosa

Amado Nervo
(México, 1870-Uruguay, 1919)

Reducido en ocasiones a la caricatura del poeta cursi (autor de versos rancios para la declamación en las escuelas), fue, sin embargo, un escritor extraordinario. De hecho, en su propio tiempo fue un autor famoso y apreciado como no podría serlo ya ninguno del nuestro. (Pocas personas en el presente serían capaces de imaginar sus funerales: muerto en Uruguay, donde tenía un cargo diplomático, el barco que lo trajo a México debió hacer escalas en todos los puertos que tocó para que sus lectores fueran al muelle a vitorearlo.)

Desertó de los estudios de leyes y de un seminario, aunque siempre conservó gran interés por la religión y, con los años, la búsqueda de lo divino se volvió uno de sus temas y obsesiones mayores. En 1894 llegó a la Ciudad de México, y se hizo de fama como colaborador en la célebre revista *Azul* y fundador, en 1898, de la *Revista Moderna*. Su primer libro fue la novela *El bachiller* (1895), al que siguieron, en especial, colecciones de poesía. En 1900 viajó a París, donde trabó amistad con varios escritores (entre ellos Rubén Darío) y conoció a Ana Cecilia Luisa Daillez, el gran amor de su vida; la muerte prematura de ésta, en 1912, le inspiró la escritura de los poemas de su libro más famoso: *La amada inmóvil* (1922).

Otros de sus libros son *El éxodo y las flores del camino* (1902), *Los jardines interiores* (1905), *En voz baja* (1909) y *Elevación* (1917); dentro de su obra de tema fantástico, muy abundante, se puede destacar también una novela extraordinaria: *El donador de almas* (1899).

La breve estampa de "El país en que la lluvia era luminosa", publicada en 1912 o 1913, fue recogida en el volumen póstumo *Cuentos misteriosos* (1921).

Después de lentas jornadas a caballo por espacio de medio mes y por caminos desconocidos y veredas sesgas, llegamos al país de la lluvia luminosa.

La capital de este país, ignorado ahora, aunque en un tiempo fue escenario de claros hechos, era una ciudad gótica, de callejas retorcidas, llenas de sorpresas románticas, de recodos de misterio, de ángulos de piedra tallada, en que los siglos acumularon su pátina señoril, de venerables matices de acero.

Estaba la ciudad situada a la orilla de un mar poco frecuentado; de un mar cuyas aguas, infinitamente más fosforescentes que las del Océano Pacífico, producían con su evaporación ese fenómeno de la lluvia luminosa.

Como es sabido, la fosforescencia de ciertas aguas se debe a bacterias que viven en la superficie de los mares, a animálculos microscópicos que poseen un gran poder fotogénico, semejante en sus propiedades al de los cocuyos, luciérnagas y gusanos de luz.[1]

---

[1] Justamente, un trabajo de vulgarización que tengo a la vista, aparecido en un *magazine* (después de escrito este cuento), y que se refiere a la luminosidad de ciertas faunas marinas, dice que al "noctiloco" miliario, animálculo luminoso, se debe en gran parte la fosforescencia de los mares. "Flota en la superficie de las aguas, en vastas extensiones, en las noches de estío. Los noctilocos son a veces tan numerosos, que el mar forma, merced a ellos, como una crema gelatinosa de varios milímetros de espesor. Un solo centímetro cúbico puede contener de 1 000 a 1 500 individuos."

Estos microorganismos, en virtud de su pequeñez, cuando el agua se evapora, ascienden con ella, sin dificultad alguna. Más aún: como sus colonias innumerables son superficiales, la evaporación las arrebata por miríadas, y después, cuando los vapores se condensan y viene la lluvia, en cada gota palpitan incontables animaluchos, pródigos de luz, que producen el bello fenómeno a que se hace referencia.

A decir verdad, el mar a cuyas orillas se alzaba la ciudad término de mi viaje no siempre había sido fosforescente. El fenómeno se remontaba a dos o tres generaciones. Provenía, si ello puede decirse, de la aclimatación en sus aguas de colonias fotogénicas (más bien propias de los mares tropicales), en virtud de causas térmicas debidas a una desviación del *Gulf stream*, y a otras determinantes que los sabios, en su oportunidad, explicaron de sobra. Algunos ancianos del vecindario recordaban haber visto caer, en sus mocedades, la lluvia oscura y monótona de las ciudades del norte, madre del esplín y de la melancolía.

Desde antes de llegar a la ciudad, al pardear la tarde de un asoleado y esplendoroso día de julio, gruesas nubes, muy bajas, navegaban en la atmósfera torva y electrizada.

El guía, al observarlas, me dijo:

—Su merced va a tener la fortuna de que llueva esta noche. Y será un aguacero formidable.

Yo me regocijé en mi ánima, ante la perspectiva de aquel diluvio de luz...

Los caballos, al aspirar el hálito de la tormenta, apresuraron el paso monorrítmico.

Cuando aún no trasponíamos las puertas de la ciudad, el aguacero se desencadenó.

Y el espectáculo que vieron nuestros ojos fue tal, que refrenamos los corceles, y a riesgo de empaparnos como una esponja, nos detuvimos a contemplarlo.

Parecía como si el caserío hubiese sido envuelto de pronto en la terrible y luminosa nube del Sinaí...

Todo en contorno era luz; luz azulada que se desflecaba de las nubes en abalorios maravillosos; luz que chorreaba de los techos y era vomitada por las gárgolas, como pálido oro fundido; luz que, azotada por el viento, se estrellaba en enjambres de chispas contra los muros; luz que con ruido ensordecedor se despeñaba por las calles desiguales, formando arroyos de un zafiro o de un nácar trémulo y cambiante.

Parecía como si la luna llena se hubiese licuado y cayese a borbotones sobre la ciudad...

Pronto cesó el aguacero y traspusimos las puertas. La atmósfera iba serenándose.

A los chorros centelleantes había sustituido una llovizna diamantina de un efecto prodigioso.

A poco cesó también ésta y aparecieron las estrellas, y entonces el espectáculo fue más sorprendente aún: estrellas arriba, estrellas abajo, estrellas por todas partes.

De las mil gárgolas de la Catedral caían todavía tenues hilos lechosos. En los encajes seculares de las torres brillaban prendidas millares de gotas temblonas, como si los gnomos hubiesen enjoyado la selva de piedra. En los plintos, en los capiteles, en las estatuas posadas sobre las columnas; en las cornisas, en el calado de las ojivas, en todas las salientes de los edificios, anidaban glóbulos de luz mate. Los monstruos medioevales, acurrucados en actitudes grotescas, parecían llorar lágrimas estelares.

Y por las calles inclinadas y retorcidas, como un dragón de ópalo fundido, la linfa brillante huía desenfrenada, saltando aquí en cascadas de llamas lívidas, bifurcándose allá, formando acullá remansos aperlados en que se copiaban las eminentes siluetas de los edificios, como en espejos de metal antiguo...

Los habitantes de la ciudad (las mujeres, sobre todo), que empezaban a transitar por las aceras de viejas baldosas ahora brillantes, llevaban los cabellos enjoyados por la lluvia cintiladora.

Y un fulgor misterioso, una claridad suave y enigmática se desparramaba por todas partes.

Parecía como si millares de luciérnagas caídas del cielo batiesen sus alas impalpables.

Absorto por el espectáculo nunca soñado, llegué sin darme cuenta, y precedido siempre de mi guía, al albergue principal de la ciudad.

En la gran puerta, un hostelero obeso y cordial me miraba sonriendo y avanzó complaciente para ayudarme a descender de mi cabalgadura, a tiempo que una doncella rubia y luminosa como todo lo que la rodeaba, me decía desde el ferrado balcón que coronaba la fachada:

—Bien venida sea su merced a la ciudad de la lluvia luminosa.

Y su voz era más armoniosa que el oro cuando choca con el cristal.

Índice

Viajes celestes. Cuentos fantásticos del siglo XIX, antología hecha por Alberto Chimal, fue impreso en octubre de 2006, en Q Graphics, Oriente 249-C, núm. 126, C.P. 08500, México, D.F.